宮城 聡 *SOU MIYAGI*

―『改造』記者から作家へ

仲程 昌徳

ボーダーインク

はじめに

宮城聡は、一九二〇年代から一九七〇年代まで、ほぼ半世紀にわたって活動した作家である。その間、一九三六年七月一日『創作　ホノルル』、一九四二年四月二〇日『ハワイ（創作・紀行・随筆）』、一九四六年一〇月二五日『生活の誕生』そして一九五一年一〇月二五日には創作・随想とは分野をことにする実用、手引き書とでもいうべき『空手道』を刊行している。

戦前発刊された『創作　ホノルル』と『ハワイ（創作・紀行・随筆）』は、初版とその改訂増補版で、その間に真珠湾への奇襲攻撃が挟まっている。

『生活の誕生』は、戦後に発刊されているが、そこに収録されている作品は、一九四六年八月に執筆された「隔世」の他は、一九三四年から一九四一年にかけて発表・執筆されたものであった。

実用・手引き書として書かれた『空手道』を別にすれば、宮城の創作活動は、戦前期に集中しているように見えるが、「隔世」以後数年の空白期を経て、再び小説を発表するようになる。活動再開後の、宮城の作品もそうだが、戦前発表された作品の多くも纏められることなく新聞、雑誌等に発表されたままになっている。

宮城が作家としてたどった足跡は、一九六七年から一九七四年にかけて『新沖縄文学』に連載した「文学と私」に詳しい。宮城は、その「13」で、創作に専念するため改造社を退社したこと、そのあと生活に困り、ハワイ島ヒロで病院を開業していたドクター又吉に、半年間「一定の生活援助」を申し込み、快諾を得たこと、そして「現在やっている仕事が、六月に出来上がるのでこれを第一番に御送りして」かつての恩義に報いたい、といったことを書いていた。

宮城が、ハワイ島ヒロ在住のドクター又吉に生活の支援をお願いしたのは、改造社時代、日本文学全集の宣伝のためハワイに渡ったときお世話になったことがあり、その温情を頼ってのことであった。そして「現在やっている仕事」というのは、一九七一年刊行予定の『沖縄県史　沖縄戦記録1』の編纂のことである。

宮城は、その生活を何度か、大きく変えていた。「文学と私　13」は、その転変をよく示す回想の一つであるが、それを要約すると、まず改造社の雑誌編集記者として出発したこと、ハワイ渡航後、作家になる夢を実現するために退社し、知人の援助を受けながら作品を書くことに没頭していったこと、そして戦争とその後の数年の空白期をへて沖縄に戻り、沖縄県史の編纂事業に携わった、といったようになる。

宮城の活動は、そのように改造社の雑誌記者時代、作家として活動した時代そして沖縄県史の審議委員時代というように大きく変わっていく。その三つの時期をもって、宮城を論じていくこともできるだろうが、勿論、それだけで十分ということにはならない。その三つの時期に加えて上京するまでの沖縄での生活、戦後の東京での生活そして居を沖縄に移し、『新沖縄文学』等の小説部門の選考員を勤めた時代と、大切な時期がいくつもあるからである。

一九六〇年末、『新沖縄文学』第四号に掲載された大城立裕の「カクテル・パーティー」が、芥川賞を受賞、一九七〇年初頭には東峰夫が、やはり同賞を受賞したことで、沖縄の小説界は、かつてないほどの脚光を浴びるようになる。大城、東等の華々しい登場は、一九三〇年代中頃沖縄初の「新進作家」として文壇に迎えられた宮城の退場をひっそりと告げるものでもあった。

沖縄の文学が華開いていく直前まで、東京そして沖縄で活動を続けた作家・宮城聡の全仕事を掘り出していくことは容易ではないが、その試みだけでもしておきたい。

宮城　聡―『改造』記者から作家へ／目次

第二部　戦後編

第一部　戦前編

1、熱血訓導

宮城聡・本名、宮城久輝は、日清戦争が勃発した翌年の一八九五年五月二三日、国頭郡奥間に生まれた。

晩年、故郷を回想した「ハレーすい星と宇宙」によると、宮城の実家は、一軒だけ村の後ろの高台に建っていて、門の入口の前を山へ行く道が通っていたといい、南側を除くと、三方遮る物がなく、昼は「嘉津宇岳、本部半島、その先に遠く伊江島、現在の奥間ビーチ（鏡地港）米軍のレストセンターの赤丸岬を越えて、伊是名島、続いて伊平屋島」が見え、「夜になると、奥間田圃の上には大小さまざまの星が、まるで降るように沖天に止まって」いて、時々「小さい彗星が見られた」という。

眼前の青い海と澄明な青空の下で育った宮城は、「数え年四歳三カ月」で国頭尋常小学校に入学する。

当時は、入学して一年の「二学期くらいまで方言、それから半分大和口になった」という時代であった。学校は、海岸と接し、境界内側には松の大木が並木をなし、海岸側には阿檀が生えていた。

高等一年から二年まで、山本実彦に教えられ、彼の「感化で向学心」を刺激された。山本は、のち作家をめざして上京した宮城が勤めることになる改造社を創設、社長になっていく人物である。

一九〇六年三月二六日高等科を終了。その後すぐに上級学校に進むことが出来なかったのは「小学校時代に境遇の変化があって」のことであった。母校・国頭尋常高等小学校に新校舎が建ったのを機に「給仕子供」となり、その頃、小学校に導入されたテニスで、ボールを追う生徒たちを「隠れるようにして」見ていた。

一九一二年四月、沖縄師範本科一部に入学。

一九一二年一月一五日付け『琉球新報』は、「沖縄師範学校生徒募集に関する要項（一）」を掲載しているが、その「入学志願者の資格」の「二　学力及び年齢」の項を見ると、本科第二部は「中学校を卒業したる者又は年齢一七年以上（明治二十八年四月二日以前に出生の者）」となっていて、宮城はその資格を欠いていたが、本科第一部は「修業年限二ケ年の高等小学校を卒業したる者若は年齢一五年以上（明治三〇年四月二日以前に出生の者）にして之と同等の学力を有する者」となっていて、該当した。

師範学校では、毎日七時間の授業があった。学科には空手、柔剣道、教練、体操などがあった。放課後三時から五時まで「外室」も認められたが、「門限の五時に一分でもおくれると退校」になるという厳しさであった。「何もかも退校で、おどされて」いたことに業を煮やし、「校長排斥の大ストライキをおっ始めて、竜潭の先輩、太田朝敷先生や、嵩原安佐先生、屋部憲通先生に」心配をかけたと、宮城は「かごの鳥」で書いていた。

師範学校における「ストライキ」が、『琉球新報』『沖縄毎日新聞』の紙面に現れるのは一九一二年（明治四五年）六月一七日。前者は「師範の同盟休校計画」、後者は「師範生徒の弾劾運動」の見出しで報道し、六月二〇日には「師範騒動落着」（『琉球新報』）、「ストライキ調停なる」（『沖縄毎日新聞』）、続いて二一日「師範生停学」、そして二八日の「師範学校停学解除」でもって終息するが、それは「校長排斥」ではなく「教師本多亀三」と生徒の折り合いが悪く、生徒たちが校長あてに「本多教諭の弾劾書を提出して」始まったものであった。

入学早々、「三四年の上級生数十名余」によって決行されたストライキを宮城は経験したわけであるが、卒業するまで学園の周辺に遍在する「虎頭山、西森、雨乞、首里城、弁ケ岳、末吉社壇、観音堂」を瀟湘八景にならって首里八景とし、古都首里を愛で、親しみ、「寮歌」を口ずさんで散策した。また「じゅうだは国をかたむけ。おごりは家を倒す」と「運動会の歌」を歌って「熊本二十三連隊、大矢の原の阿蘇山中腹で、熊本、鹿児島二県の六現（六週間兵役）同年兵に、大いに沖縄健児の意気」を示すといった青春を送った。

宮城は、師範最終学年の時、級友と一緒に、伊波普猷を訪ねる。

伊波は、哲学の話をするとともに「地位の低い郷土を嘆き、他府県と同じ水準へ上るには若い君たちが奮闘しなければならない」と説き、話の最後に「君たちの先輩に、沖縄中何処をさがしても見当たらない有能な方がいる。師範学校創立以来今日までこの人に勝る秀才はいない。この人は英語も巧いしエスペラントもできて、学士の四、五人よりも仕事もできる」と「最大級の讃辞」をもって比嘉春潮を讃えていたのが、印象に残ったという。

以来、宮城は、比嘉の謦咳に接したいと思いながらかなわず、一九一六年、師範学校を卒業。三月、伊是名尋常高等小学校に赴任。「那覇から運輸丸という蒸気船に乗って、字伊是名の浜に下船」した宮城は、翌日諸見の区長、山川さんに案内され、そのまま彼のところに下宿することになる。山川家は、「諸見集落の東を通る本道の中央あたり」に位置し、家の前から甘藷畑、さらに田圃と続き、「甘藷畑には、時々何百、或いは何千羽の千鳥が」飛んできて、詩心をかき立てられた。

学校は字伊是名にあった。宮城は「一張羅の詰め襟服にチビ下駄を穿いて、通水池畔を通って仲田からの道と合流して南下りの不毛の野原道を南西に方向を取った道を」通う。そこには百年を経たと思える松が、成長することもなく生えているだけで、目路をさえぎるものは何もなく、本部半島の雄大な姿が眺められた。

学校の職員は、八、九人。与儀喜明校長のほか本科正教員がいなくて、新卒新任の宮城は教頭ということもあって、熱血ぶりを発揮したように見える。時間に厳しく、朝礼に遅れた生徒の尻を平手でたたき、生徒の担任の先生といがみあいになったりしていた。

赴任当時は、「満一四歳までの未就学者の就学督促」に懸命な校長の方針にしたがって、のんびりできなかった。宮城の熱血ぶりは、十五歳の少女の就学督促に百回以上も通って成功しなかった、という頑張りによく現れているが、校長の努力で「伊是名村には殆ど無学の人はいなくなった」と思えるほどの成果をあげたといわれる。

与儀校長について、宮城は師範在学中からその秀才振りを聞いていて、一緒に教育に携われることを誇りにした。その与儀が私淑し、「時折り敬仰の念を漏らしている人」が比嘉春潮であったことから、宮城は、いよいよ比嘉に逢いたいと思う気持ちが高まり、「夏休みで帰村する」途中那覇により、沖縄朝日新聞社の編集室で仕事をしている比嘉を訪ねている。後年、改造社で共に仕事をするようになることなど、勿論、知る由もない。

一九一九年、四月、母校の国頭尋常高等小学校に転任。宮城は、母校への赴任を「錦を着たとはいかないまでも、銘仙くらいは着て故郷の村に帰った気持ちであった」という。

学校は、宮城が卒業した頃とかわらず、校長住宅も「海岸の松並木もアダンも昔のまま」であった。宮城は、生徒たちを「海岸に連れて出て遊ばし、自分は松の陰、アダンの陰に引っくり返って寝たり」していた。

国頭尋常高等小学校の校長は有馬猛。有馬は、一九〇一年一二月、第五代目の校長として赴任して以来、二三年間「学校教育は勿論村民の啓蒙的指導者として村民の尊敬と信望の篤い教育者であった」といわれる。宮城は、「入学から卒業まで」有馬の「教えを受けた教え子」の一人であったこともあり、ほとんどのことを「おい久輝（キュキ）お前これこれやれ」といった調子でいいつけられた。有馬校長は、宮城が生徒たちを、塩屋、辺野喜、与那の高ひら、鏡地の海岸、赤丸岬へ引き連れて歩くといった「横着なやり方に一言の文句も」いわなかったという。

宮城は、最終学年の高等二年の生徒たちの授業に力を入れ、「沖縄全体としても例のないものではなかった」かと思えるほどに、師範学校への合格者を出すとともに、かつて「工事場から隠れるようにして」見ていたテニスを、師範学校時代、副部長として活動していたこともあって生徒たちに鼓吹した。

当時の宮城について一九二〇年卒業の宮城久勝は「進学希望者もいることとだし先生は精魂をぶちこんでこの少年少女等の学力向上、人格の陶冶に当たっておられた。理数の教科は少々理くつっぽい指導ぶり、文学、芸能は先生の得意とするところであった」といい、テニスについても「久輝先生のあの独特のラケットの振り方、球の打ち方は堂に入ったものであった」と回想している。また一九二一年卒業の宮城栄昌は「伊平屋村から転任してこられた先生は、ひどく教育熱心であった。奥間の人特有の変なアクセントの言葉で、少年少女たちを激励し、ときに叱咤した。

痩形の身体、浅黒い色の顔、いつも下あごを正面高くつき出して話す姿に精かんさが感じられたが、愛情の豊かな先生であった」といい、文学の話をよくしたこと、「広い世界に出なければならないと」話していたこと、「上級学校への進学指導にもすごく熱心」であったこと、「その年の上級学校への進学率は、国頭校開校以来のことであった」と回想している。

2、出郷

宮城聡は、一九一六年三月、沖縄師範を卒業する。

卒業と同時に、伊是名尋常高等小学校に赴任し、三年間勤めているが、その間、「東京に出て、文学をやり度いという希望は、常に忘れなかった」だけでなく、そこで国木田独歩の作品と出会ったことで「終極は文学に全身を打ち込み、それで人生を送るのだ、という決意」を固める。

一九一九年には、郷里の国頭尋常小学校へ転任。夏休みには、名護の図書館に通って、永井荷風の「あめりか物語」や「ふらんす物語」を読破した。永井への傾倒がさらに「文学志望を堅めさせ」た。宮城の「東京に出て、文学をやり度いという希望」は、しかし「師範学校をでて五年になっても、ひたすらに、心の奥におさめておくほかはなかつた」というように、誰にもその胸中を明かすことはなかった。

宮城が、「作家になりたい」と口にしたのは、有馬校長にいいつかって「東京の大学の偉い先生」を、案内しながらのことであった。そのことについて宮城は「アシャゲを見に行く途中だつたやうに思ふが、私は、自分も東京に出る考へだと語つた。すると折口さんは、上京して何するかを訊かれた。私は躊躇なく、ゆくゆくは作家として立つ積もりだと答へた。これには流石に折口さんも挨拶の言葉に窮したことだつたに違ひない」と「琉球で知った折口信夫」で書いている。

文中の「折口さん」というのは、折口信夫のことである。彼が沖縄に来たのは一九二一年「七月から八月」にかけてのことで、宮城は、有馬にいいつかった最初の日「学校所在地の部落の一つの鎮守の森」と「のろ殿内――のんどんち」へ案内し、二日目は宮城の家のある部落の「古跡や鎮守の森の宮」を見て回っている。三日目からは、郷土研究に興味をもっている辺野喜尋常小学校の教員・島袋源七の要望で、案内役を代わることになるが、宮城は折口を案内したとき「ゆくゆくは作家として立つ積もりだ」と口にしたのである。

宮城が、作家になりたいと折口に言ったのは、折口を案内した最初の日の「七月三十一日」なのか、翌日の「八月一日」なのかはっきりしないというが、「ひたすらに、心の奥におさめて」いたことを、会ったばかりの折口にもらしたのは、彼が文学者であることを知っていてのことではなかった。その時宮城は、すでに改造社への入社を決めていた。「文学するにはどうしても東京へでなければならない」という足がかりができたことでの心のたかぶりが思わず口を開かせたということだろう。

宮城は、国木田独歩集や永井荷風の作品に接して作家になりたいと思うようになり、そのことを折口に漏らすが、宮城が、作家になりたいと思うようになったあと一つの動機に玉城音子、宮城親信との交友があった。

玉城は、伊波普猷の薫陶を受けた一人である。金城芳子によれば、伊波の有名な「民族衛生講演会」が始まったのは一九一九年頃からで、彼女は、沖縄中、伊波の後を追いかけていた。その頃、玉城オトは辺土名で小学校の教師をしていたという。

宮城が、玉城と知り合ったのはたぶんその頃で、宮城は、彼女の文学的知識に影響を受け、有島武郎に耽溺、そこに、宮城とともに国頭校で教鞭をとっていた宮城親信が「文学を志す同志」として加わり、宮城をして、いよいよ文学への道を、驀進させた。

一九二一年、夏の終わり、宮城は沖縄を出て行く。

一九二〇年から数年間のことを回想し「あのころはどうしてみんな東京へ東京へと脱出したのだろうか」と金城芳子はいう。金城のそれは、伊波普猷の周りにいた人々の動向をしるしたものだが、一九二三年には、「申し合わせたように沖縄を脱出」し、沖縄は「からっぽになっていた」という。

比嘉静観のハワイ行きにはじまり、二〇年の永島可昌・文鳥夫妻の上京、新垣美登子の再上京、二二年の山田有功と金城芳子の逃避行、二三年には比嘉春潮、金城朝永が故郷を捨てる。同時期伊波月城の長男文男、山里永吉、山之口貘等が上京、二四年の真栄田冬子の上京に続いて二五年には伊波普猷が沖縄を出て行く。そして一九二七年には宮城聡に影響を与えた文学仲間の一人玉城オトも南米ブラジルへ旅立っていく。

沖縄が「からっぽになっていた」という金城の言葉は、そのような情況をさしてのものであった。

3、改造社時代

①創作部門担当　芥川龍之介

宮城の改造社への初出社は、一九二一年九月三日である。

宮城が、改造社に入社できたのは、社長の山本実彦が、沖縄と少なからず縁があったことによる。松原一枝『改造社と山本実彦』によれば、山本は、一六歳の時、北谷小学校で一年間代用教員として勤めたのち、一九〇一年四月国頭郡農学校の助手になり、翌〇二年四月から国頭尋常小学校で代用教員をしていた、という。

宮城は、その時の教え子であった。改造社の編集局には、宮城の前に、山本が北谷小学校に勤めていた時の校長の息子永丘智太郎（旧姓饒平名）がいた。永丘は、東亜同文書院を出た俊秀で、中国語、英語に堪能であった。

宮城の後、永丘と改造社に出入りしていた仲宗根源和の紹介で、比嘉春潮が入社し、出版部に勤める。沖縄出身者では他に与儀正昌が営業部に、経理部に石塚一徳がいた。一九二六年末から二七年始めにかけて予約募集を開始した『現代日本文学全集』全六三巻の刊行時には整理部に金城芳子、外に臨時で二人、発送部にやはり臨時雇いで山之口貘がいたし、さらに比嘉かなをはじめ永島栄子といった比嘉春潮周辺にいた婦人たちもいた。また仲宗根源和が一時雇われていたこともあったし、伊礼肇、松本三益、比嘉静観といった人たちも上京するたびに山本のところへ顔を出していた。

沖縄出身者が数多く勤めていた改造社の看板雑誌『改造』は、『中央公論』と並んで当時の識者に人気のあった雑誌で「文芸と時事・社会問題の抱き合わせで、新進作家の登竜門でもあった」と比嘉春潮は記している。

宮城は「新進作家の登竜門」である雑誌の編集部に籍を置き、作家への夢を実現するための一歩を踏み出したのである。

宮城の仕事は、原稿取りであった。宮城が最初に訪ねたのが山川均、次が阿部次郎そしてその後が石原純である。その時、宮城が取ってきた原稿は「アインシュタインの宇宙論と思惟の究極」(石原純)、「知識階級の無識」(山川均)、「整理と削減」(阿部次郎)の題で一九二二年一一月号『改造』に掲載された。宮城の初仕事を見ただけでも「文芸と時事・社会問題の抱き合わせ」であったといわれる雑誌の特質がよく現れている。

社会主義者、物理学者そして哲学者の原稿とりからはじまった宮城が、最初に一人で訪問した流行作家は芥川龍之介であった。湯川原の中西屋旅館で作品の執筆をしているから、訪ねていけと、山本社長に命じられたのである。芥川が、中西屋旅館にいたのは、一九二二年新年号に掲載する原稿の執筆をするためで、宮城の訪問は、原稿の依頼ではなく、いわゆる陣中見舞いといったようなものであった。

宮城はその時、芥川と一緒に湯槽に浸かっている。そして芥川が、外面とはことなり、意外とがっちりした体をしていることを知って、そのことを口にすると、芥川は、湯の中で胸をたたきながら、久米や菊池も、自分が貧弱な体をしていると思っているが、そんなことはない、病気もしないし、力だってあると言ったという。

芥川が、中西屋旅館で書いていたのは、一九二二年新年号を飾った「将軍」であった。

宮城が、芥川を中西屋旅館に訪ねたのは、執筆のために芥川が旅館を利用していたことによるが、旅館の使用は芥川だけではなかった。やはり社長に言いつけられて訪ねた吉田弦二郎も、修繕寺の温泉旅館にいた。修善寺の旅館・菊屋に逗留していた吉田は、山本社長から、宮城はあなたのファンだと紹介されていたこともあってか、宮城の早朝の訪問を快く迎えてくれた。宮城は、そこでも、吉田に専用家族湯へ案内されている。

吉田は、当時、若者に人気のある作家だった。宮城は、在郷中に吉田の「無限」を読んだという。宮城が読んだのは、『福岡日々』に連載中のそれではなく、一九二〇年一二月新潮社から刊行された単行本であったと考えられることからしても、その人気の程がわかるというものである。

②創作部門担当　里見弴

芥川や吉田の原稿をとるために、宮城は、彼らが宿泊している旅館を訪れていた。それは他でもなく、当時の流行作家が、執筆のため旅館を利用したことによるが、勿論、宮城は、逗留先の旅館だけではなく、作家の自宅にも足を運んでいる。

宮城が、たびたび訪れたのは「文学管見」を連載していた逗子の里見弴宅である。里見は一九二二年から二三年にかけて「截紙力」(二二年八月号)、「鯉の巣」(二三年一月号)、「擽り達磨」(二三年三月号)、「踏切り」(二三年四月号)、「平凡長寿」(二三年九月号)等を『改造』に発表していた。それらはすべて宮城が依頼したもので、「鯉の巣」は、赤坂の錦水という家で受け取ったという。

宮城は、月に四、五度里見邸に足を運んでいた。里見の家は、逗子の町から離れた閑静な場所にあって、海に近い広い屋敷に建てられた別荘風の建物であった。時には、海岸に出ている里見から、黒鯛の釣り方を教えてもらったりした。逗子の風物は、「未知の世界の新鮮さ」があり、宮城を喜ばせた。また逗子へ往復するのに利用する汽車の窓から眺める沿道の景色も「すべて新鮮で、心に染み入る詩情を」誘った。

宮城は、逗子にいた里見の他に麻布狸穴にいた島崎藤村、本郷千駄木町にいた徳田秋声、麹町六番町にいた有島武郎などをやはり自宅に伺って原稿を依頼したり、受け取ったりしているが、逗留先、自宅をとはず夜昼追いかけた作家たちがいた。芥川、里見の他に志賀直哉、武者小路実篤、久米正雄、菊池寛、谷崎潤一郎、佐藤春夫といった作家たちで、宮城は、この八名の流行作家の原稿をとるのに『中央公論』の編集者たちと鎬を削った。

人気の点でトップの感があったのに有島武郎がいた。有島は一九二二年一〇月個人誌『泉』を創刊し、以後他の雑誌に書くということはほとんどなくなるが、その年の一月号『改造』に発表した「宣言一つ」が話題を呼び、『改造』では、何か随筆でもお願いしようということになって、宮城が担当することになった。

宮城が原稿の依頼に有島宅を訪問したところ、女中が出てきて、面会謝絶だという。名刺だけでも渡して欲しいと頼んでも駄目だという。押し問答している所へ、有島が顔を出し、何の用事だときさくに声をかけてきたので、用件を告げると、出かけるところだが談話筆記でもよかったらと、快く応じてくれた。書斎へ案内され、筆記をしたのが『改造』二三年七月号に掲載された「描かれた花」である。掲載後、宮城は、筆記に間違いがあったら御寛容を願うといった旨の手紙をさしあげたところ、有島は、意を尽くしてないところも多少あるが、「自分の考えを君に託して書いて貰ったのだから、それは仕方のないことである」といった丁寧な返事が返ってきたという。

宮城は、流行作家を追いかけるとともに大家の永井荷風、島崎藤村、徳田秋声、正宗白鳥、近松秋江そして泉鏡花、広津柳浪、さらには岡本綺堂、中村喜蔵、真山青果、長田秀雄、そして野上弥生子、倉田百三、山本有三といった人気のあった作家から久保田万太郎、長与善郎、水上滝太郎、藤森成吉、広津和郎、宇野浩二、豊島与志雄、中条百合子、室生犀星、吉田弦二郎、小川未明、その他幸田露伴、岡本一平、千家元麿、賀川豊彦、細田和喜蔵、田中純、白柳秀湖、村松梢風、木村荘八、楚人冠、萩原朔太郎、野口米次郎、馬場孤蝶、成瀬無局、中川一政、森田恒友といった所まで、実に多くの作家に原稿を依頼してまわり、『改造』の創作欄を賑わした。

宮城は、一九二三年九月一日、久保田万太郎を訪問するために厩橋と駒形橋の中間あたりの電車路を歩いていた。すると、いきなり地面がゆれ、電車の線路が波打ち、ちょうど来かかっていたバスが傾いて止まり、通りに面していた商店の黒瓦がはね飛び、ガラス戸が割れ、さっきまで見えていた浅草一二階の建物が消えてしまったのに気づく。容易ならぬ大地震だと知り、久保田宅訪問をとりやめ、知人の家により、荷物の持ち出しに手を貸し、火に追われながら吾妻橋に出て、上野の山をめざした。

震災後、改造社員は目黒駅近くの社長宅に集まり、直ちに雑誌作りを決意する。その時宮城は、線路沿いを歩き通して大森に住んでいた倉田百三を訪ね、原稿を依頼している。『改造』大震災号は、四一人の多数に及んでいるが、倉田がその時寄稿したのが「震災に就いての感想」である。

③創作部門担当　佐藤春夫、谷崎潤一郎

大震災後、東京を離れた作家たちがいる。佐藤春夫や谷崎潤一郎もそうである。そのため、宮城は二人を追って関西や紀州に足を運んでいる。

『改造』の編集部は七、八人いて論文系統の担当、創作系統の担当にわかれていた。宮城は後者に属し、里見弴、佐藤春夫、谷崎潤一郎を受け持つことになっていた。その佐藤と谷崎が東京を離れたのである。

一九二三年一月、夜明け近く再び激しい地震があって、大震災でも無事だった家の壁がはがれ落ちたのを見て、宮城は、またもや大きな被害が出たのではないかと思い、信濃町に住んでいた佐藤のことが心配になり、夜明けを待って駆けつける。町は、平穏無事で、佐藤の家も何ら変

わったところがなく、宮城は、安堵する。

その年の秋、佐藤は、まだ復興してない東京を離れ、故郷の紀州に帰ってしまう。宮城は、社命で佐藤を訪問するため紀州に向かう。宮城の紀州行きは、佐藤夫人同伴で、汽車で大阪まで行き、大阪からは船に乗り、紀州勝浦に上陸する。港には佐藤が待っていた。旅館に入り、佐藤と共に一風呂浴び、夕方、東牟婁郡高芝の佐藤家に向かった。そこで佐藤の弟子の死という思わぬ出来事に遭遇することになるが、一月近く、佐藤宅で過ごしている。

紀州から戻ってきた宮城は、谷崎潤一郎、志賀直哉を関西に訪ねる。宮城が、最初、横浜の山下町にいた谷崎を訪問したのは、一九二二年の秋である。その時の訪問は、原稿を受け取るためであった。すぐに渡してもらえるものと思ったが、応接室で待っておくようにといわれ、コーヒーが運ばれてきた後、音沙汰がなく、お昼になるとお膳が運ばれてきた。雑誌は、谷崎の原稿だけを残して全部刷り上がっていて、一刻を争うものであった。じりじりして待っていると、晩ご飯が運ばれてきた。九時頃になって、やっと、渡されたのを見ると、「白昼夢」と題され、原稿はきちんと清書されていた。

宮城が、谷崎に親しく接するようになるのは、震災後、谷崎が京都に移ってからであるが、京都への宮城の谷崎訪問は一九二三年一二月である。京都は、焼け跡にバラックのたった東京とは異なり、優雅であった。

宮城は、駅で拾ったタクシーを三条大橋で降り、鴨川の流れを見、北山を眺め、師範時代、修学旅行で級友たちと嵐山、金閣寺、銀閣寺、知恩院、御所、清水寺、円山の夜桜、徒歩での殻山登りや坂本へ出ての疎水下り、そして伏見屋で宿泊したことなどを思い出す。その時、故郷の島のあまりに小さいことを嘆じた学友たちの消息を誰ひとりとして知らないことに思い至り、寂寥の感を深くしている。

宮城は、京都が東京より寒いと感じた。

宮城の訪問を受けた谷崎は、執筆するために都ホテルに入る。宮城は、谷崎の家から山科にいた志賀直哉を訪問する。志賀の家で、夕飯をご馳走になり、再び、谷崎の家に引っ返す。谷崎が、作品を仕上げるまで、宮城は、谷崎家で毎日気持ちのいい風呂に入り、三度の食事をご馳走になった。その間、他を訪問したり、谷崎夫人、娘ともども市外から郊外にかけて散策を楽しんだりした。

谷崎は、一週間目にホテルから戻ってきたが、一四枚しか出来てなかった。続きは二月号に戴くことにして、宮城は東京に引き揚げた。その時谷崎が書いたのは『改造』一月号と三月号に掲載された戯曲「無明と愛染」である。

谷崎は、京都から芦屋そして阪急沿線の岡本と居を移しているが、宮城は、岡本へも足を運び、一週間以上も谷崎家で、作品の出来上がるまで居候している。その時、三味線があるのを見て、手に取り、つま弾いたところ、谷崎と奥さんに、沖縄の歌を弾いてみよとすすめられ、テンポの早い曲を弾いたところ、なかなか面白いと言われる。そのあと、谷崎、奥さんともども、訪ねてくる人ごとに、宮城は三味線がうまいと紹介され、軽薄なことをしたと後悔することになる。

宮城は、谷崎に遠慮無く原稿の依頼をしたり催促したりしただけでなく、就職の件でも骨を折って貰うようになるが、それはもう少し後のことである。

編集者が、原稿を依頼した作家の家で、原稿が出来上がるまで滞在するというのは、よほど信用されていたということなのだろうが、宮城は、そういう編集者の一人だったのである。

④地方講演講師案内

宮城は、編集部で創作部門を担当していたが、作家だけを追いかけ回していたわけではない。『改造』は「中央公論と並んで、日本のマスコミ界におけるまことに華やかな存在であった」といわれるように「大正デモクラシーの思潮を背景として生れた社会主義思想に関する論文を掲載し、山川均、櫛田民蔵、猪俣津南雄、河上肇らのマルクス学者を筆者として登場させ、社会主義運動に鋭い関心を示した」雑誌であった。そのこともあって、彼らの原稿を取るのに宮城も精を出している。

宮城が訪ねていったのは猪俣津南雄、長谷川如是閑、堀江帰一、小泉信三、高橋誠一郎、末弘巌太郎、福田徳三、大山郁夫、大杉栄、吉野作造、上杉慎吉、堺利彦、杉森孝次郎、高畠素之といった人々で、その中でも長谷川、大山、大杉、堺といった論壇人をたびたび自宅に訪問し原稿を依頼した。長谷川、堀江、小泉は宮城の受け持ちで、長谷川の論文は、宮城が口述筆記をした。堀江、小泉、高橋は慶応大学、福田は商大、杉森は早稲田大学、末弘、吉野、上杉、高畠は東京大学に勤務していて、それぞれ大学の研究室に足を運んで原稿の依頼をした。

宮城が、直接訪ねて原稿を依頼した人々には赤松克麿、木村荘八、青野季吉、長岡半太郎、馬場恒吾、北昤吉、麻生久、鶴見祐輔、野口米次郎、斎藤茂吉、片上伸、鈴木文治、土方成実、高橋亀吉、竹久夢二、加藤一夫、新居格、賀川豊彦、岡本一平、三輪寿荘、兼常清佐、土岐善麿、宮崎龍介、飛田穂洲、三宅大輔、牧野英一、細井和喜蔵、蝋山政道、下村海南、永井柳太郎、白柳秀湖、河合栄治郎、布施辰治、河野密、山本懸蔵、小牧近江、神近市子たちがいる。

また宮城が訪ねた変わり種としては、画家の森田恒友、本因坊秀哉、やはり将棋の名人であった関根金次郎がいる。関根の場合は、宮城が話を聞いて代筆した。

流行作家を追いかけることから、論壇人、学者、画家、棋士といったように大正末から昭和にかけて活動した人々の原稿取り、口述筆記、代筆と、宮城は、実によく頑張っているが、彼の仕事は、それだけではなかった。その他に、講演の依頼や講演の付き添いといった仕事があった。

改造社は、「大正十五年末から昭和二年はじめへかけて『現代日本文学全集』全六十三巻の予約募集を開始、六十万部もの予約を集めて未曾有の売れ行きを示し、『円本時代』を現出」する。改造社の隆盛に習うかのように春陽堂、平凡社、新潮社、春秋社なども同じく全集ものの刊行をはじめる。競争が激烈になったことから、改造社は、宣伝のため、文士の地方講演を考え出す。この「人気作家を地方へ連れて行って人を集めるという宣伝方法」は、円本時代に「改造社によって始められたものである」が、宮城は、その「人気作家を地方へ連れて」行く仕事もしていたのである。

宮城道雄、吉田晴風、鶴見祐輔を案内しての大阪中之島公会堂での講演会の司会、池谷信三郎、室伏高信の二人を案内しての甲府市公会堂での講演の司会、講演会が終わると、慰労会の接待があった。大阪では、岡本に住んでいた谷崎が出てきて、文士たちを連れ去り、鶴見や山本社長を置き去りにしてしまうといったことが起こったりして、宮城は奮闘しているし、甲府市での講演会の際は、翌日講師たちを松本市まで案内している。

芥川が東北、北海道への講演旅行に立つ日は、上野の東北線急行改札口で待っていて、発車間際に駆け込んできた芥川を、鳴り響くベルを聞きながら、指定席まで案内した後、動き出した列車から飛び降り、芥川のいる座席の見える窓のところまで駆けていって見送っている。その時、芥川、里見、久米の三名を迎えて東北、北海道をまわったのが比嘉春潮で、芥川の「東北・北海道・新潟」は、その時のことを書いたものである。

宮城は、芥川を見送った数日後、ハワイに向かうが、それも『日本文学全集』の宣伝のためであった。

⑤ハワイへの旅

一九二七年五月一日、改造社の文芸講演会で北海道へ行く芥川龍之介を上野で見送った宮城は、その翌々日の五月三日、横浜を出帆するサイベリア丸でハワイに向かったという。北海道での文芸講演会に、芥川と同行した里見弴は「追憶」で「今年の五月十三日、小雨の晩に、上野駅をたつて、改造社の講演旅行で、芥川君と一緒に東北から北海道を廻り歩いた九日ばかりの間が、吾々の一生で、たつた一度の親しい交誼だつた」と書いていて、宮城の「五月一日」は、記憶違いかと思われる。

宮城は、ホノルルの港に入るまでの一一日間、「食べるとデッキを歩き回ったり遊戯をしたり、船室に寝転がっていたり」で「相当に退屈を感じた」とはいえ、何の拘束もなく「こんな人生もあったのかといった気持ち」でのんびり過ごしている。

ホノルルに着く二、三日前、船中で山城ホテルの若主人と知り合い、彼から、ハワイには沖縄出身者が大勢いて、何も心配することはないといわれたばかりか、移民局の通訳も沖縄人であるということを聞かされ胸をなで下ろしている。

宮城は、山城ホテルで旅装を解いた。そしてホテルの近くでハワイ産業会社を経営していた羽地出身平良牛助の世話になり、ドクター小波津幸秀、新城銀次郎を知る。新城は、宮城に付き添って、改造社の営業部が、宣伝のために持たしたノボリ、横断幕、ポスター類を、書店の前に張り出させた。ホノルルにいた沖縄県系人たちは、宣伝用の横断幕を張り巡らした十数台の車を連ねて町中を走らせただけでなく、改造社のタスキをかけて、町を練り歩いてくれた。

宮城の仕事は、それでほぼ終了したようなもので、あとは、時々書店に顔をだすだけでよかった。仕事があるわけでもない宮城を、沖縄県出身者は、春潮楼、望月、汐湯といった日本料亭やチャプスイレストランへ毎日のように案内し、県人のピクニックがあるといっては連れ出した。

ホノルルの日々を楽しんでいた宮城の所へ、ハワイ島から出てきた糸満出身具志堅政真が訪ねて来て、ヒロではドクター又吉全興が待っているといい、火山の噴火もはじまっているので、見物方々ハワイ島へ行こうと誘ってくれた。ハワイ島に渡った宮城は、ヒロのドクター又吉の家で一月近く滞在することになる。その間、具志堅の運転でドクター又吉、与世盛智郎四人でキラウェアのハレマウマウへ行き、真っ赤に沸き立っている溶岩を見たり、火山研究所を訪れたり、椰子島公園をはじめあたりを散策したり、プランテーションで働く同胞の姿に接したり、新式製糖工場などの見学をしている。

ホノルルへもどった宮城は、再び新城の世話になり、初期移民の苦労話などを聞いている。

帰国の際には、天洋丸の一等船客としてホノルルの八号桟橋から出ているが、比嘉静観が見送りにきて、芥川の死を知らせてくれた。

宮城がハワイにいた時、ホノルル中を湧きたたせた出来事が幾つかあった。一つは、リンドバーグがニューヨークからパリまで、大西洋無着陸飛行に成功したことである。宮城は、そのニュースを新城たちとともに、当時ハワイで最も豪華とされた映画館・プリンセスシアターで見た。二つには、同じころ、陸軍機が、米布間の太平洋横断に成功したことである。宮城は、森重書店の神保という人とともに、その飛行機を見るためにスコッフィルドへ行っているが、飛行機の側まで自由に見物人を入れるそのあけっぴろげさに驚いている。あとの一つは、日本海軍の練習艦隊が、ホノルルに寄港したことである。ホノルルの町は、日章旗と星条旗に覆われ、その歓送迎会で、お祭り騒ぎであった。邦字新聞『日布時事』『ハワイ報知』二紙は、連日歓迎の記事を掲げ、ハワイの日本人たちは、日本国内では想像もできないような異様な盛り上がりかたを見せた。

ハワイは、宮城に大きな転機を与える。楽しい日々を送り、さらに希望すれば、米本国まで行けたにもかかわらず、そのまま、東京に戻ったのは、上京する前から夢みていた作家になりたいという思いが、ハワイにきて文学全集の宣伝をしているうちに抑えきれないほど大きくなっていたからである。

⑥震災記事執筆

　作家になることを夢みながら、流行作家の原稿を取って歩くのに忙しかった宮城が、原稿を書く機会を与えられたのは、大震災直後である。宮城は、そのことに関して「社長命で、女性改造原稿記事を書くために地震最初の九月一日から八日目に下町へ出て」焼け跡を見たと書いていた。

　宮城の「記事」が掲載されたのは一九二三年一〇月号『女性改造』である。宮城が、中央の雑誌に発表した文章は、たぶんこれが最初である。「吾妻橋の火を逃れて上野へ」と題された「記事」は、宮城久輝と本名で発表されていた。

　宮城は、それを「大地はこんとんとし出して小さい人間の反抗の余地もなく、全人類の運命も終末だと思ひながらも自分丈は助かりたいと、電柱や家の倒れるのをさけるために道の中央に出やうと努めた。此の恐怖が去つた時、此の地震が未曾有な災厄なことが直覚されたので、今行かうとした用事先のK氏宅へは、先ず三町も隔てない親友のS君の家を見舞つた後に行かうと既橋を渡つて行つた」と、書き出していた。「大地はこんとんと」といった書き出しは、震災の大きさもさることながら、始めて与えられた雑誌への寄稿ということもあってか、大層力んだものとなっていた。

　宮城は回想で、社長に命じられ雑誌「記事」を書くため震災から八日目に下町へ出た、と書いていたが、雑誌「記事」は、八日目のことではなく、震災当日のことが書かれていた。久保田万太郎宅へ原稿を取りに行く途中で地震にあった宮城は、予定を変え、友人宅に駆けつける。友人は留守で、臨月に近い彼の妻と娘が、騒ぎ出した群衆の中にいるのを見つけ、二人を連れてからたち寺の庭から枕橋、吾妻橋、上野両大師の広場、谷中、団子坂下、肴町上富士前の広場、伝通院下の救護所入り口、半蔵門、虎の門を経て麻布にたどりつく。「記事」は、その避難過程の光景を綴っていた。

震災直後の様相を猛火、黒煙、煉瓦塀の倒壊、工場の崩落、雑然たる荷車と群衆、砂嵐、叫喚、焼け跡といった言葉で写していきながら、そこに臨月の近い友人の妻と五歳の娘の避難行を重ねていたが、「記事」では取り上げられてないことがあった。

宮城は「文学と私」の連載三回目で、関東大震災に触れていた。そこで宮城は「三宅坂を降りて、警視庁の前に来た時、一見知性のない顔した小柄の男が、わたくしを訊問した。お前は朝鮮人ではないかといった。わたくしは、沖縄県人だと答えたが、その男は、いや朝鮮人だとしっこく迫った。それを聞いていた青年が、僕は鹿児島県大島郡だ、沖縄なら隣だ、君がそんなに訊問することはないじゃないか、さあ行きましょう、といってわたくしを促した。二人に一人だからであろう、小男もへこんで、わたくしも問答無用とこの言いがかりから免かれた」と書いていた。

震災の直後「お前は朝鮮人ではないか」と訊問されたのは宮城だけではない。比嘉春潮は、当日、改造社にいてことなきをえたが、数日後夜半、寝入りばなを自警団にたたき起こされて「朝鮮人」だろうと言いがかりをつけられる。比嘉は危ないと感じ、淀橋警察へ連れて行けといったが近くの交番へ連れて行かれ、そこでも同じ問答が繰り返され、「面倒くさい。やっちまえ」と声があがったとき、早稲田の学帽をかぶった青年が、この人は沖縄だ、といったことで難をのがれ、淀橋警察署までなんとかたどりついて助かっている。宮城も比嘉も、口添えしてくれた者がいたことで、なんとか難を逃れているが、比嘉の甥・春汀のように「ぼくは朝鮮人じゃない」と叫んだときにはもう棍棒でなぐられていて血だらけになっていたのもいた。

言葉が違うということで、訊問を受けた沖縄出身者の多くが思わぬ災難にあっていたのである。宮城はその体験を『女性改造』に書いてなかった。それは、友人の奥さんと子供を連れて難を逃れた、その時の出来事ではなかったからであろう。

宮城は、震災に会ったことで、自分の文章を、発表することになる。宮城にとっては思いがけない僥倖であったといえなくもない。

⑦広津和郎「さまよへる琉球人」の発端

関東大震災は、宮城に書く機会を与えた。『女性改造』の目次に高名な作家たちの名前と並んだ時、作家になりたいという夢にほのかな明かりが灯ったのではないかと思われるが、宮城より先に、脚光を浴びて登場した沖縄出身者がいた。池宮城積宝である。

積宝の「奥間巡査」が、『解放』の懸賞小説の入選作として発表されたのは一九二二年である。『解放』は、「『改造』に対抗して創刊された」雑誌であったということからして、宮城を甚く刺激したことは間違いない。先を越されたという思いがあってもおかしくなかった。

宮城は、「奥間巡査」が栄冠を勝ち取ったことに触れて「当時の沖縄は、僻地中の僻地で、沖縄に取材した作品など、顧みられない、無視された地位にあった。不世出の天才でないかぎり、沖縄で、文学することは考えられなかった。その意味からして、池宮城積宝さんは才文に恵まれていたと思う」と書いていたが、『解放』への積宝の登場は、原稿取りで終わりたくないという思いを宮城に強く抱かせたはずである。

積宝の受賞は、宮城を驚かすに十分であったと思われるが、その積宝に、さらに驚かされる出来事が起こる。いわゆる「さまよへる琉球人」事件である。

広津和郎の「さまよへる琉球人」が、『中央公論』に発表されるのは一九二六年三月号である。Oとして登場する人物のモデルが積宝で、そのOは、作品の語り手である自分の訳したモウパッサンの本を借りていったきり返さないばかりか、集金した金を持ち逃げして行方をくらましてしまう人物として描かれていた。そのOを語り手の「自分」に紹介してきたのは、「さまよへる琉球人」の主人公ともいえる見返民世である。

見返が、Oを「自分」に紹介した時期は、作品のなかに「見返民世の周囲には同じ琉球人で、文学好きな一団があるらしかった。その中の一人で、丁度その頃『解放』の懸賞小説に当選した一人の青年Oを、見返は自分に紹介して来たりした」というのがあって、一九二二年の一〇月以降であったことがわかるが、見返のモデルとなった嘉手苅冷影が、「自分＝広津和郎」のところにやってきたのはいつ頃だったのだろうか。

作品には、見返が小さな石油焜炉をもってはじめて現れてきたときのことを「これは今では何処にもざらにあるものだが、大正十一年の丁度その頃に、始めて流行り出したものだつた」とあることから、見返りが「自分」を訪問してきたのは、一九二二年頃であったことがわかるが、その見返を「自分」に紹介したのは、「ヱヘヘ、実は細川さん、細川弦吉さんのご紹介でまゐりましたので」とあることから、細川のモデル細田源吉であったことがわかる。そしてその細田に嘉手苅を紹介したのは宮城であったに違いないのである。

宮城は、その件について「Kさんがわたしのところへ来て、石油コンロの説明をし、文学者、思想家に紹介してくれということで、わたしは心おきなくなっている文学者、思想家へ紹介した」といい、「Kさんはわたしの紹介状によって、行く先きざきで紹介状を貰って、文士、思想家に初期の不便で巧く出来てない石油コンロを売った」と書いていた。宮城は、広津に直接嘉手苅を紹介したかどうかについては確かな記憶はないとしながら「兎に角、さまよへる琉球人の主人公のKさんを、日本の文人、思想家へ最初に紹介したのはわたしである」と書いていた。

宮城は、「自分」から見返のことを聞いて激昂する。広津は作品のなかで「数年間K雑誌社にゐて、真面目な努力を続けてゐるMは、見返のした事に随分激昂したらしかつた。自分はMを激昂させるつもりでそんな事を云つたのではなかつたので、唯見返に会つたならば、逃げ隠れしないで、自分のところに来るやうに、そしてあんな些少な事で、世間を狭めるのは下らないではないか、といふ事を伝へて欲しいといつて、Mと別れたが、その後、何でも聞くところによると、Mやその他二三の琉球人が、その事で見返に詰問状を送つたとか、絶交状を送つたといふ事だつた」と書いていた。

宮城は、広津を知ったのは一九二一年ではなく一九二二年秋であったのではないかというが、そうだとすると、宮城も嘉手苅も積宝もほぼ同じ頃、広津と知りあったということになる。

宮城が広津を知ったのは、腕相撲を通してである。「君と腕相撲をしたいという人がいるから、来い」と社長の山本に呼ばれて、腕相撲をすることになるが、後でその相手が広津和郎であったことを知らされたのである。その後、仕事で、広津を訪ねることになるが、その頃広津は牛込の下宿屋にいた。嘉手苅が訪ねたのもそこであったに違いない。

宮城が、嘉手苅を、文人、思想家に紹介することができたのは、彼が『改造』の編集者として、多くの文人、思想家と接していたからである。嘉手苅が、紹介のそのまた紹介で広津の所へ行くことも、さらには嘉手苅が積宝を連れて広津のところへ行くことも考えたことはなかったのではないか。ましてやそれが「さまよへる琉球人」事件へと発展していくことになるなどとは夢にも思わなかったであろう。宮城はそのことで「わたしにも相当の責任があったのである」と書いていた。責任はともかく、宮城の力がそこに働いたことは確かである。

広津の描いた琉球人三人は、それぞれ異なる顔をもっているが、三人ともに大きな野心を抱いて、上京した若者たちであったことだけは間違いない。

⑧佐藤春夫「放浪三昧―ある詩人の話―」の来歴

宮城は、思わぬかたちで、小説のなかの一人物として登場していた。しかし、それは、語り手である「自分」にいろいろと面倒をかける男を紹介した人物としてではなかった。「自分」には、Mが見返に紹介状を与えていたことなど知らないことであった。見返を「自分」に紹介したのは細田であって、もし文句があるとすれば細田にたいしてであった。「自分」がMに見返のことを話したのは、同郷であるということで、それ以外ではなかった。それだけに、Mが激昂したということを聞いて驚いたのである。

宮城にすれば、迷惑をかけることになる人物を直接紹介したわけではないにしても、嘉手苅が宮城の紹介した文士を通して訪問したに違いないとの確信があって、責任を感じざるをえなかったのである。

宮城は、その事件があって、仲介の労をとるのを止めたのではないかと思われるが、そうでもなかった。宮城の紹介した男が登場する作品が、その後にも書かれているのである。一九三三年一月号『週刊朝日』に発表された佐藤春夫の「放浪三昧―ある詩人の話―」がそれである。

佐藤の小説は、その副題からもわかる通り、ある詩人の話を書きとめていく形をとったもので、その詩人大野のモデルは山之口貘であることが、すぐにわかるようになっている。「大野＝貘」が、「僕＝佐藤」のもとへ出入りするようになったのは「四、五年にはなるであらうが」とあることから、一九二七、八年頃からということになるが、それは「さまよへる琉球人」事件がおこった翌年にあたる。

大野が僕を訪ねてきたのは一つには詩稿の出版に関する件、あとの一つには名刺を新しいのへ変えてもらうためであった。前者に関しては、三年前から話が進展してないのであきらめてもらうしかないと納得してもらう。後者に関しては、さっそく新しいのにかえてやったといったことを書いた後、大野のルンペン生活の話を続けていた。

貘の詩集『思弁の苑』が佐藤春夫、金子光晴の序詩、序詞で飾られ刊行されるのは随分のちのことになるが、その時もらった佐藤の名刺は、貘のルンペン生活に大いに役立つことになる。

佐藤はその名刺に「コノ名刺所持ノ友人大野豹君ハ一見風体イカガワシク名ハ獰猛ナルモ性温順

ニシテ善良ナル市民マタ天分アル詩人ナリ右証明ス」と書いてくれたのである。

金城朝永は「琉球に取材した文学」のなかで、「放浪三昧」も広津の作品の「タイプに属するもの」で、「もしこの作品が、いささか被害妄想狂のきらいのある一部の沖縄人の眼に触れたとしたならば」これもまた「物議をかもしたかも知れぬが、これはその難を逃れた」と書いていた。

佐藤は、作品のなかで、貘の訪問について「大野が最初僕を訪うた時には、某記者のM君から同郷の出身で詩に志してゐる青年として、詩稿の一閲を頼むといふ紹介であった」と書いていた。その「某記者のM君」は、宮城である。宮城は、「わたくしが、山之口貘さんを佐藤さんに紹介したのは、関口町の佐藤さんの家であるが、それが昭和の何年だったかは」よく覚えてないという。佐藤の作品から、貘が佐藤宅を、宮城の紹介で訪れたのは一九二七年か八年頃であったことがわかるが、実は、貘が佐藤宅をたずねたのはその時が初めてではなかった。貘は、「ぼくの半生記」で、「佐藤春夫を知ったのは、大正の終わりごろである」といい、「小石川の小日向町にあった佐藤春夫宅を、はじめて訪ねた」が、実にぶっきらぼうの応対で、その時はそのまま引きあげ、その後「改造社に勤めていた宮城聡さんから、佐藤春夫氏に会ってみないかとすすめられ、宮城さんの紹介状を持ってまた佐藤春夫氏を訪ねた」と書いていた。

佐藤は、宮城の紹介状をもってやってきた貘を、最初の訪問だと思ったのである。

宮城は、嘉手苅の件で激昂したにも拘わらず、そのあとすぐ貘を佐藤に紹介していたのである。

それは宮城の人の良さをよく示すものであると同時に、表現することに一途な者を応援したいという思いがあったことによっていよう。

宮城が、貘を、佐藤に紹介したのは、雑誌記者として佐藤を担当していて、よく知っていたということもあるが、当時宮城は、佐藤に師事し「懇切な指導を受け乍ら勉強」していたということとも関係していよう。独力で、文壇に出ることの困難さを知り抜いていた事によるものであったといえる。

4　作家への道

①『文芸時代』への登場

『女性改造』に震災体験談を書いた宮城は、一九二五年五月号『文芸時代』に「春宵焼友」と題した弔文を発表していた。『文芸時代』は、川端康成、横光利一らによって一九二四年一〇月に創刊され「既成のリアリズムを否定する斬新な手法と感覚的な型破りの文体とによって、いわゆる新感覚派の拠点と目され」ていくようになる同人雑誌で、「プロレタリア文学運動を主導した『文芸戦線』とともに昭和文学史の開幕を告げる歴史的な記念碑である」とされる。宮城は、「昭和文学史の開幕を告げる歴史的な記念碑」となった一方の雑誌に弔文を寄せていたが、それは「新感覚派」に同調してのことではなかったであろう。

一九二五年五月号『文芸時代』は、「富ノ沢麟太郎の追憶」として特集を組んでいた。宮城は、偶然富ノ沢の臨終の場に居合わせたこともあって、弔文を書くことになったに違いない。

宮城が、富ノ沢の臨終に立ち会うことになったのは、佐藤春夫を訪問するようにという社命を受けて、佐藤宅を訪れたことによる。当時佐藤は、故郷紀州に居を移していた。紀淡海峡の岬を回って、勝浦に着いた宮城は、佐藤夫人と同行していたこともあって、佐藤に迎えられる。旅館に入り、一風呂浴び、夕方になって佐藤宅に行き、少し休んだところで、佐藤宅の離れで養生していた富ノ沢の様態が急変し、医者である佐藤の父親が呼ばれた。佐藤の父親が、脈をとった時には、もはや手の尽くしようがない状態であった。佐藤は富ノ沢に宮城が来ていることを告げる。宮城も、耳元で声をかけると、「宮城さんですか」というかすかな声がかえってきた。危篤状態が続き、何か怒号に似た声を発して富ノ沢は息を引き取る。

悲劇は彼の死だけで終わらなかった。富ノ沢の看病をしていた母親が、近くを流れる川に身投げし自殺を図るが失敗、遺骸の安置された所へもどり、暴れ狂う。

翌日の夕方、高芝部落の海浜のはずれで、富ノ沢の遺骸を入れた樽棺を薪木に乗せて荼毘に付す。火がまわって、樽棺が崩れ、遺体が露出したその光景の陰惨さに宮城は胸をしめつけられる。

佐藤が小石川関口町に移ってから、宮城は、そこで富ノ沢の件で佐藤を訪れていた横光利一と会う。宮城は、当時の様子を横光に語るようにと佐藤にいわれ、紀州での一件を話した。宮城が『文芸時代』に「春宵焼友」を書くことになったのは、その縁によるものであった。

「富ノ沢麟太郎氏の追憶」号は、横光利一のほか宮城を含め五人が追悼文を寄せている。宮城の文は「君逝いて今は空し。過ぎし日静かな波上に送つた歌は、何時しか汝が友の胸より再び口ずさまるゝではないか。実に、在りし日の君が床しい姿は、今は吾等友々の胸奥に帰つて来た」と始まり、富ノ沢が、文壇への第一歩を記した「流星」を手に取ったこと、佐藤と同行して佐藤の故郷に向かう姿を眼にしたこと、佐藤のところで度々会いながら語ることがほとんどなかったこと、終始一貫、佐藤に師事し、敬い信頼し感謝していたといった想い出を記したあと「日記より」として、

春の夜暗、
海ぎわに、そば立つ山、
そゞろに寄する玉浦の波、
山つきる岬より、岩影に、
今ぞ一つのすりこぎの火、

ありし日、温和しかりし君、
今はむくろ、勇みて被へり、

岩を廻りて流るゝ潮、
そは、君が哀悼譜、
あわれ、のぞみある前途は、
永久に、辺りを照らす光と共に、
なご風は、
果知らずつれ去りぬ。

の一篇を「春宵焼友」の題で挿入し、最後に「うつくしかりし君！瞑せよ」と、閉じていた。追悼の文章ということもあったであろうが、詩、文ともに新体詩調になるものであった。

②『文芸春秋』の発売禁止

一九二九年一〇月号『文芸春秋』は、懸賞実話二編が新聞紙法、出版法の二法に抵触し、発売禁止処分を受ける。翌一一月号はさっそく「前号の発売禁止に就いて」として菊池寛の釈明文を出している。菊池はそこで、六月号の掲載記事が削除命令を受けたことで七月号編集後記に、二度とそのようなことを起こさないと言明したにも拘わらず、またもやこのような事態を引き起こしたのは、編集者の無能によるもので、まったく残念なことであると前置きしたあと、発売禁止の対象になった「看護婦生活」にしろ「投身婦人の謎」にしろ「どちらかと云へば猥談であった、あゝ云ふものは、『文芸春秋』の品位から云っても、のせない方がいゝのである。自分は、猥談的なものを、なるべくのせろなどと、一度も云ったことはないのである」と弁じていた。

同事件にたいし『文芸春秋七〇年史』でも、一九二九年六月号で「最初の災難」をこうむり、ページを破棄することで市販することは許されたが、一〇月号に掲載した「ある女の船客が船のなかで問題をおこす枠話「投身婦人の謎」(宮城嵩)と看護婦の宿舎生活を書いた「看護婦生活覚書」(三好友子)」が風俗壊乱ニ三条にあたるとされ、一冊も売ってはならないということで、大きな打撃を受けたと書いていた。

宮城は、自分の書いた「実話物語」が掲載されたことを、新聞広告で知り、「文壇への足がかりになると喜んで同じく文学を志している千葉の稲毛に住んでいた友人を訪ねて、喜び合い、浅草の本屋で実物を見ようとしたら文春は発売禁止になったと知らされた」という。

自分の作品が掲載された雑誌を、宮城は、その時手にすることは出来なかった。しかし、その「発売禁止」になった雑誌は、取締の対象となった二つの作品を切除し発売されている。菊池は、そのことについて「切りとりした雑誌を、定価通り売つたことは、読者諸君に申訳ないが、定価を訂正してゐる暇などは、絶対になく、また、たとひ、読者諸君には迷惑であつても、一部でも多く売らないと、雑誌の存亡に関するので、お気の毒と知りながらも買つていたゞくのである」と謝っていた。

宮城が「文壇への足がかりになる」と思った作品は、「ある女の船客が船のなかで問題をおこす粋話」と要約されているように、船中で起こった出来事を、推理小説仕立てにしたものであった。

作品は、水死した妻・時子に夫の医学士・有村がしがみついて泣いている場面から始まる。警察は、水死の件で有村を取りしらべる。有村の「陳述」によれば、彼は、鹿児島・大島で生まれ、長崎で学校に通い、途中で退学、東京に出て、医学部に進み、「篤志の青年」の援助を惜しまない西山医学博士の家に世話になり、そこで、東京の女学校に通うため、叔父・西山のところにいた娘と知り合い、彼女が卒業するとともに結婚する。一時も離れていることのできない相思相愛の仲であったにもかかわらず、父が病気だということで、彼女一人だけを船に乗せて送り出す。彼女が、船に極端に弱いことは、かつて一緒に乗船したことがあるのでよくわかっていたことから、彼女の死は、たぶん船酔いの苦しさに我を忘れてしまったことによるのではないか、というものであった。

有村の「陳述」を聞いた署長が、質問しようとするのを、同じ船に乗りあわせていた私が止める。

私は、船員に、投身自殺をした女性が「畳の部屋にゐた女」だと聞かされて、「おや！」と思う。彼女には、連れがいなかったというが、私は、彼女が男と一緒で、しかも、体を重ね合わせていたのを見たのである。私は、二人がてっきり夫婦だと思っていた。私の話で、私が夫だと思っていた男・石塚氏が取り調べを受けることになる。

警察は、石塚氏を訊問する。石塚氏の「陳述」によると、彼は、船が出ると同時に薬を飲んで横になっていたが、いつのまにか、女が横にいて、しかも女が「くつつくのがまるで救いででもあるやう」であったことから、隔たりがなくなり、彼は、「生れて初めて禁断の実」を味わったのだが、その女についてはまったく知らず、船で始めて見ただけで、「最後まで一言も交はさなかつた」という。

私が、有村氏に質問しようとする署長を止めたのは、署長が、石塚氏と時子との関係を有村医学士に質し、有村医学士を幻滅させるのではないかと思ったことによる。私は、時子の行為が、かつて有村と船に乗ったときに同様なことをしたことがあって、それを無意識に再演してしまった結果だと話す。署長はじめ警察もそれを了解し、石塚氏は釈放される。そして、有村医学士も「愛妻の死因」が、石塚氏との関係によるものであったことを知ることはないだろう、と話を閉じていた。

作品は、性的行為に関する描写の部分を伏せ字にしていた。それは、あらかじめ新聞紙法、出版法に触れることを危惧しての処置であったかとも思われるが、伏せ字だけでは、防ぐことができなかったのである。

宮城の「投身婦人の謎」は、「実話六編」として掲載されたうちの一編である。

作品には、語り手である私が、私について語っている箇所があって「私の職業は新聞記者ではあるが、こんな事件とは全く関係のない学芸部の係りでゐる。学芸部の記者は雑誌記者に似て寄稿家との縁故が多いのだが、私も東京から社命で、半年ばかり前からこのK町なる故郷へ帰つてゐる小説家を訪ねて来たのである」と紹介している。作品の語り手が、宮城であることは、彼が、社命で震災後故郷の紀州に戻っていた佐藤を訪ねていたことからわかる。作品は、その体験を下敷きにして書かれているといっていいだろうが、それは「実話」なのだろうか。

宮城は、紀州の佐藤を訪ねていくのに、佐藤の妻と同行していた。そして、佐藤のところで富ノ沢の臨終に立ち会い、彼の怒号に似た声を聞いていた。あとで佐藤は、富ノ沢の声が「女性の象徴を現す言葉と、その欲求をはっきり言ったと告げ、富ノ沢さんが、童貞であったこと、死に臨んでその体験のないことを残念に思う人間的の気持ちを語られた」と回想していた。「投身婦人の謎」は、間違いなく、富ノ沢の死の直前に発した声に触発されて書かれていた。そして、佐藤を訪ねていったとき、佐藤の妻を同伴して乗船していたことが、大いに影響していたと考えられることからすると、宮城の作品は、「実話」ではなく「実話」を騙った一編であったといえよう。

③続『文芸春秋』の発売禁止

宮城は、自身の体験を踏まえて「実話」にしたてた作品が、『文芸春秋』に掲載されたということで「文壇への足がかりになると」喜んだが、それもつかの間であった。買いに行ったところ、雑誌は「実話」物で発禁になったということを知らされたのである。

菊池は、雑誌が「猥談的記事で発売禁止になつたのでは、恥しくつて警保局に文句も云へない」としながら、今回の発禁処分で、『文藝春秋』が受ける損害は、『文芸春秋』の財産の半分にあたり、雑誌の存続を危うくさせるほどのものであるが、猥談的記事を載せてしまったということが、これほどの刑罰にあたいするものだろうか、と問い、『文芸春秋』という雑誌は「警保局の連中などには分らないだらうが、日本の社会にあつてたしかによい雑誌であると思つてゐる。過激でなく反動的でなく、清新な自由主義を標榜して、インテリゲンチャのよい友達であると思つてゐる。かう云ふ雑誌を、わずかの記事のために、発売禁止にしてその存在を危くするが如き、国家的に云つても損だと思ふ。警保局の役人なども、つまらない字句のせんさくなどよりも、もつと大局に目をつけるがいゝと思ふ」と雑誌の弁護をしていた。

外に対して雑誌の弁護に勤めた菊池は、編集部員のところへ乗り込んで「風壊なんかで発禁になるなんて言語道断だ。この前が削除で、こんどが発禁とは、いったいどういうことなのか。そんな不注意な連中はみんな辞めてしまえ」とどなっていたことを『文芸春秋七十年史』は記録していた。

宮城は、自分の作品によって雑誌が発売禁止になったことで「文春へ迷惑をかけたことを恐縮して」いるが、それだけではすまなかった。宮城は、編集者と一緒に呼び出され、罰金刑を科されたりしていたのである。しかし、その罰金は、宮城に代わって菊池が払ってくれたという。その時、菊池は、宮城に、切り取りした雑誌はほとんど売れたし、損はしてないと教えてくれたばかりか、原稿料として三十円を送ってきたという。「三十円といえば、米が十四キロで二円から、二円五十銭の時代であったから、不景気時のわたしには一月、或いは二月の生活がつなげる金だった」という。「投身婦人の謎」は、文壇への足掛かりにはならなかっただろうが、生活の足しにはなったのである。

宮城の作品は、雑誌から、切り取られたことで、一般読者の目に触れることはなかったようである。そのことをよく語っているのに金城朝永の「琉球に取材した文学」がある。金城はそのなかで、宮城の作品について「昭和八年頃の『文芸春秋』に沖縄航路の船室の情景を描いた小篇を当時流行の説話《ママ》物語として応募入選したのが、中央の一流雑誌に掲載された恐らくは同氏の最初の作品であるらしいが、同誌は宮城氏の作品が風俗を乱すとかいうかどで発売禁止の厄に遭ったため、あるいはこれを読んだ者は少ないのではないかと思う」と書いていた。「投身婦人の謎」を、金城も読んでなかったことは、それが「沖縄航路の船室の情景を描いた小篇」ではないことで明らかである。

宮城は先に発表した二編「吾妻橋の火を逃れて上野へ」も「春宵焼友」も宮城久輝で発表していたが、「投身婦人の謎」を発表するにあたって、実名ではなく、ペンネームを使用していた。ペンネームの使用は、当時の作家にとってごく自然のことであったことからして、慣例に従ったといえないこともないが、そこには、作家として出発するのだという決意が込められていたのではなかろうか。さらにいえば、「投身婦人の謎」は、「実話」物として投稿したとはいえ、純然たる創作であるという宣言でもあったのではないか。いずれにせよ、先に発表した体験談や追悼文とは異なるものだということで、ペンネームを用いたに違いないが、それは、「投身婦人の謎」一作きりの使用であったのではないかと思う。そのあと発表された作品は、本名に戻っているからである。

④『サンデー毎日』への登場

文学全集の宣伝のためにハワイに渡った宮城は、そこであらためて作家になることを決意する。そして、ハワイから戻ったあと、創作にうちこむため、改造社を辞める。退社を申し出た時、社長は「生活に困るぞ、思い止まれ」と忠告したというが、宮城の決意は固かった。

宮城が退社したのは、小説を書きたいという欲求が強くなっていたことによるのだろうが、あと一つ、同郷のものたちの諸雑誌への登場に刺激されたということもあったのではなかろうか。

佐藤惣之助が『琉球諸島風物詩集』を刊行したのは、宮城が上京した翌年の一九二二年一一月のことである。同詩集によって沖縄への関心がどれほど高まったかは明らかではないが、彼が主宰した『詩の家』に、伊波南哲をはじめ山口芳光、有馬潤といった沖縄にいた者たちが参加し、詩作を発表していくようになるし、一九二五年頃から神山宗勲が『地方行政』『地方』(『地方行政』改題)に数多くの作品を発表していく。そして一九二九年一月『改造』は、懸賞詩の応募を締め切り、四月号発表のところを、五月号で発表しているが、佳作一四編のなかに津嘉山一穂、仲村　渠の二人が入選していた。津嘉山は『詩の家』で、仲村　渠は『近代風景』ですでに数多くの詩作を発表していたとはいえ、『改造』への二人の登場は、驚きであったに違いないし、宮城を大きく刺激したはずである。

退社した宮城は、さっそく創作に専念したことがわかる。「投身婦人の謎」のあと、『サンデー毎日』一九三〇年九月一〇日号に里見弴の推薦で「七人の女と署長」を発表、次いで「人種の復讐」を『新青年』一九三〇年一一月号に発表していく。

「七人の女と署長」は、結婚詐欺にあった七人の女の話を書いたものである。女たちは「右ノ者昭和×年度本大学医学部ヲ卒業シタル医学士ニシテ目下大学院ニテ研究中ノ院生ニ相違ナキヲ証明ス東京帝国大学印」と記された「葉書やうの紙片」を見せられたあと、「博士になつたらすぐ東京で開業する、その前に好きな人さえあれば結婚する、親父は十万円ばかり財産があるからゆくゆくは自分のものになる、しかし現在は研究のためにひどく窮乏している」ので金が欲しいという言葉にまんまと乗せられ、夫婦関係を結び、金をさしだしていく。

騙された女たちの取り調べにあたった署長は「木村君と皆さんの関係は委しく調べられて分つてゐます、しかし私がかうして一緒に訊かうといふのは、一応皆さんの口から事実を確かめると同時に、今もいつた通り皆さんを幸福にしてあげたい希望なんだから、決して恥かしいとか厭だとか思はないでありのまゝを要点だけでいいですから述べて下さい」という。署長の要請に、七人の女が、木村との関係をそれぞれに話していく。

七人の女たちというのは亀戸の女、デパートの女店員、同じカフェに勤める二人、一見して人妻風の女、木村と同名異人の妻そして女学生であるが、彼女たちの話は、ほぼ同じような内容で、いきなり結婚を申し込まれ、関係ができたことで金を融通したというものであった。

結婚詐欺を扱った作品には、性的描写に類する箇所が数カ所見られる。文中に伏せ字が見られるのはそのためであるが、しかし「七人の女と署長」は、「投身婦人の謎」のように摘発されることはなかった。

作品が削除を免れたのは、たぶん、署長の熱情とそれに感化された女が描かれていたことによる。署長は、女たちから話を聞いたあとで、男が前科三犯であることを告げる。その上で、女たちの感想を聞く。女たちは「悪い人間は罰して頂きますように」という。署長はその要望を聞いて「皆さんのなかには、一人や二人は、あの人は気の毒な方だから出来るだけ寛大な処置を計つてくれ、という人が出てくると思つてゐたんだが」といい、一時間以上にわたって「物に捕はれて心の眼を失つてゐる現代人心理と、余りに軽薄なあやまり」について「熱烈な愛情」をもつて説く。署から帰途についた七番目の女学生は、署長の話を聞いて「暗い悔恨の底にも何か知ら、輝かしい光りのさし込んで来るのを感じた」と心情を吐露する。作品はその言葉で閉じられているが、その閉じ方が、たぶん削除を逃れた理由だったといっていい。

それにしても、「投身婦人の謎」といい「署長と七人の女」といい、宮城の関心が、性をめぐる事件にあったことは興味深い。

里見弴は、「署長と七人の女」について「全くこの人の柄に合はない材料で、決して上出来とはいはれない」といい、「だから、この小篇をもつて、宮城君の一般を推されることは、彼にとつても、また推薦者である私にとつても、甚だ迷惑なのだ。いつかは、彼が、彼の真骨頂を発揮するやうな、重くるしい長編を発表する日のあることを、私は信じている。読者にはその日まで待つて貰ひ、作者には、必ずその日を現前するやう、切に勉励、自重を勧める」と、推薦の弁を述べていた。

⑤『新青年』への登場

宮城の師里見弴は「署長と七人の女」について、「全くこの人の柄に合はない材料」であると評していたが、宮城はさらにその後、性犯罪を扱ったといっていい作品「人種の復讐」を発表していた。

作品は「建国の始祖カメハメハ大王祭の六月一二日を過したホノルル市は、D氏賞金のロスアンゼルス・ホノルル間の懸賞飛行の予定が延びて、日本郵船やダラー汽船の船客の中にも市中を騒がすやうな世界的人物の訪づれもなく、お祭騒ぎ好きな市民も、平穏な怠屈をこらへて七月四日の合衆国独立記念祭を迎へた」と書き出されているところからわかるようにハワイを舞台にしていた。

独立記念日で沸き返った日の翌日、事件を告げる新聞記事に、市民は騒然となる。それは社交界の女王、フローレンス婦人が暴行されたというもので、しかもその犯人が「カナカ」の一青年であったということによる。

滅び行く民族の一青年が「如何なる動機、策略」でもって、宮殿のような邸宅にすむ社交界の女王を襲うといった大事件を起こしたのか、しかも「犯人が自首さへしなければ、永久に暴露しないことを、何故に自ら進んで訴へ出た」のか。官憲は、青年の行為が「未遂に終つた」としているが真相はどうなのか、「白人の名誉の為めには事実の真相を歪曲させられるアメリカ政治下の新聞紙」等で事件の真相を知ることなど到底不可能であり、「私」が、この「世界的問題」の真相を明らかにしなければならないとして、事件の発端から辿り直していく。

七月四日、フローレンス夫人は、五時から会う約束になっている恋人のことで頭がいっぱいになっていて、公的な儀式にも参加しない。三時になると、風呂を浴び、四時を過ぎると、外出着に着がえるため着物部屋に入り、五時二〇分前には、待ち合わせ場所のホテルの玄関先のテラスに降り立つ。それからエレベーターに乗り、七階の部屋に入るが、恋人は見えず、手紙が置かれていた。それには、ホテルでは人目につきやすいので、七時に、かつて逢い引きしたタンタロスの山道の舗装路がつきるあたりの広場で待っている、といったことが書かれていた。夫人は、ミネルヴァを運転して、そこに行き、運転台から座席に移り、横になったところへ、飛びかかってきた者がいて、お前は誰だと聞くと、「カナカ」で、名前はカリヒだといい、夫人に覆い被さる。

カリヒは、以前から夫人をつけねらっていて、犯行に及んだのだが、夫人は、今夜のことは誰にもいわないから、心配しないでいい、という。しかしカリヒは翌日、警察署が開くのを待って、自首する。検事は、カリヒの自白を聞いたあと、なぜ、そのような犯行に及んだのかと訊く。カリヒはそれに答えて、ハワイは、五〇年前は「カナカ」の住み家で、二〇万の人口があって栄えていたのに、今では、その土地もすべてアメリカ人に奪われ、住むところも家もなく、人口が四万にもたりなくなっている。早晩、滅び去ってしまうかと思うと実に悲しく、そのような情況に追い込んだアメリカ人は、「カナカ人種」の敵であり、その復讐として残された一つの道は、「代表的アメリカ人婦人に、カナカ人種の血液を注入して置くこと」だと言い放つ。

検事が、あらためて自首した理由について訊くと「それは勝利の凱歌に併せるに、白人への一段と進めた復讐だ。さあ、私を君は殺せ！　今は殺されて少しも惜しくない命だ！　さ！」と迫る。そして作者は「少しの悪びれもなく悠然と述べるのは、悲惨でもありまたをかしかつた」と閉じていた。

宮城が「人種の復讐」で何を書こうとしたかははっきりしている。しかし、アメリカの植民地となり、滅んでいくだろうハワイ「カナカ人種」の抵抗を描くのに、性犯罪を前面に押し出すかたちにしているのは、あまりに通俗的すぎるという批判を免れないだろう。

宮城の作品は、「投身婦人の謎」にはじまり「署長と七人の女」そして「人種の復讐」と、習作期の作品総てが性にまつわる事件を扱っていた。エロ・グロ・ナンセンスを歌われた時代をそれらは反映していたかと思われるが、そこには宮城の女性にたいするアンビヴァレンスな気持ちが現れていたようにも思える。

「人種の復讐」は、最初のハワイみやげ作品とでもいうべきものの出現であった。それはハワイに滞在していた時、耳にした話をヒントにして書かれたのではないかと思われるが、そこにはまた「さまよへる琉球人」たちの一人としての思いも仮託されていたといっていいだろう。

5、「新人作家」への仲間入り

①「故郷は地球」の新聞連載

里見弴は「宮城君のこと」で、「宮城久輝君の作は、まだ長編を一つ読んでみたきりだが、鈍重と評したいほどの厚味のゆゑをもつて、見どころとし、推敲を勧めてゐる」と書いていた。里見のいう「長編」とは、里見に師事しながら推敲を重ねていた「生活の誕生」のことであるが、それが『三田文学』に発表されたのは一九三四年三月である。

その直前の二月から三月にかけて、宮城は、やはり里見弴の推薦で「故郷は地球」を『東京日日新聞』『大阪毎日新聞』両紙に連載していた。一九三四年になって、一躍里見のいう「見どころ」のある作品をたて続けに発表するのである。

宮城は、「生活の誕生」が、里見弴の推薦を受けて雑誌に掲載されるまでの経緯について、これまで発表してきた作品は、文壇に出ていくほどの決定打とは成り得なかったといい、「快心の作を生むということで、貧苦と闘いながらも、ひたすらに心を」「生活の誕生」に向けてきたにもかかわらず、七回目の推敲を言い渡されたとき、「絶望的な気持ちに落ち入って、いっそ電車に飛び込んでしまおうかといった暗澹たる心情に包まれていた」という。しかし里見の激励の言葉を思い出し、八回目の推敲をしたところで、やっと『新潮』に推薦してもいいという言葉を貰ったが、今度は宮城がまだ不満の箇所があるとしてあと一度推敲したいと持ち帰る。そのあと原稿を持たずぶらっと遊びに行ったところ、『東京日日新聞』と『大阪毎日新聞』に同時掲載される「純文学夕刊連載作品の新人推薦をたのまれているので」、「生活の誕生」を、「一日の掲載枚数にして出すように」といわれる。宮城は、その言葉を「誠に天から降ったような幸運なお言葉だった」としながら、まだ時間があるので、「生活の誕生」はそのままにして、新しい作品にしたいと申し入れる。里見は「それならそうしなさい」といい、「夏には山中湖へ避暑に行くので君も作品を持って来給え」とさそった。宮城は、約束通り新しい作品を書き上げ、避暑先にいる里見を訪ね、作品を見て貰った。推薦していいということで、新聞社の学芸部へ送られたのが、「故郷は地球」であった。中央紙に連載されることになって「フラッシュをたかれて写真を撮された時は、それまでの貧苦も忘れて、人生の栄光に迎えられたような心底の静かな喜びに浸った」という。

「故郷は地球」は、当初、別の題で告示されていた。

一九三三年一二月二六日付け『東京日日新聞』は、「夕刊小説予告　新人競筆陣　五大家推薦画期的企て」の見出しで、「恒例によりまして日本の春の読物は本社の小説から――との声望にむくいるべく新年から五人の新作家と五人の新挿絵家とを、あでやかにデヴユウさすことに致しました。この五人の新人は、現文壇の大家五氏と、画壇の大先輩五氏とが、全責任を負ふて次の時代の文化に推薦するチヤムピオンであります。わが社のこの計画に対してすでに文壇では『三四年の文壇はこゝから発祥するであらう』と、すばらしい話題に煽りたてられてゐます。さて――輝かしい新春五日付からの夕刊一面に登壇する名誉のスタアとその役割はごらんの通りです」と川端康成推薦の佐藤碧子、里見弴推薦の宮城久輝、横光利一推薦の森敦、中村武羅夫推薦の矢ケ部至、菊池寛推薦の沢田貞夫の作品名そして顔写真を掲載しているが、その時の宮城の作品名は「故郷の人々」となっていた。

予告では「故郷の人々」であったのが、連載時には「故郷は地球」に変わっていたのである。「故郷の人々」から「故郷は地球」への変更は、作品の結末と関わっていたと考えられる。

里見弴は、『サンデー毎日』への推薦の弁に続いて、『東京日日新聞』にも「君の作に見る道徳的背骨」として「推薦の言葉」を寄せていた。

里見はそこで「宮城君はもと『改造』の社員であつたが、作家たらんことを志し、断固職を辞して以来六年、赤貧洗ふが如き裡にあつて、よく節を守り、矜を持して、精励今日に及んだ人である」とはじめていた。そして「予に最初の習作をもたらした時より数ふれば、すでに十年の歳月を経るが、生来不器用で、且また沖縄県生れのためか、平生の談話においてもすこぶる語彙に乏しく、従つて行文の渋吃、涵晦は未だ容易に免れ得ないところだから、もし完成の美のみが文芸最高の標識と説ふならば、天下に推すに彼の作品を以てすることに、予と雖も多少の躊躇を感じないわけにはいかない。しかも予が、未だかつてこの瑕瑾を挙げて、彼の作品を貶めたことのないのは、他に之を償うて余りあるところの燦然たる光輝を、度かれの作品の紙背に感ずるがゆゑである。こゝに至つて器用、饒舌の如き抑も何するものぞである」といい、続けて「誠実、剛直にして重厚なるかれの素質は、常に彼の作品に与ふるに、漱石先生の「道徳的背骨」を以てする。未熟にして徒に多弁なる現代青年のうちにあつては、一異色ともすべきこの素質は、伸べて以て文学のうちにおいてもまた尊重すべきである。／文学は道を説くの書ではない。しかしながら「道徳的背骨」を欠いた人間が文学者になるといふことは、全然意味をなさない。／予が宮城君を推薦するゆゑんである」と温情溢れる言葉を贈っていた。

宮城の文章に見られる「渋吃、涵晦」は、必ずしも「沖縄県生れのため」であるとは言えないだろうが、里見が、いかに慧眼の持ち主であったか、よくわかる推薦文である。里見の支えなくしては、宮城の登場はあり得なかった。

「故郷は地球」が、中央紙に掲載されたことで、友人たちからの祝福のたよりはもとより、仲吉良光、仲原善忠、上里朝秀、島袋盛敏、石川正忠、比嘉良篤、同じく作家を目指していた与儀清昌といった東京在住同郷の先輩知人たちによる祝福のお祝いも開かれ、四〇人ばかりの人々が駆けつけた。

宮城は、答礼の言葉を求められたが、「胸がつまって思うことを述べることができなかった」

という。文壇に認められるほどのものではなかった先の三作から「故郷は地球」の発表まで三、四年たっていた。「胸がつまって」というのは、その間の苦闘をよく語ってあまりある。

一九三四年二月一三日から三月一七日まで、連載二〇回に及んだ「故郷は地球」は、上京して雑誌社に入社し、数年後ハワイへ渡航、そこへ南米にいる親族から来訪を望む手紙が舞い込んできたところで終わる。

主人公西山は、「勇士」になるためには、なんとしても「東京に出なければならない」という考えから、島での教師を辞めて上京、かねてから予定していた雑誌社の編集部に入り、寄稿家を訪問、名士の集まる宴会へも出席するようになり、名士たちの知遇を得て、有頂天になっているところへ、同窓の狩山が訪ねてくる。来訪の目的は、有名人を紹介して欲しいというものだった。狩山の来訪を機に、琉球に対する同僚たちの差別的発言や行為が一段と目立つようになったばかりでなく、仕事の訪問先でも同様な言葉を聞き、西山は胸を閉ざす。そこに狩山をモデルにした小説が発表され、それに抗議するための集会が開かれ、作品の中で好意的に描かれているばかりでなく作者と交流のある西山に骨を折って貰いたいと、集会の代表者二人がやってきて、ひとしきり差別される琉球の話になる。

悶々と過ごしていたある日、社長の別荘に招かれた社員たちが、角力大会を開く。西山は、いつも彼をさげすむ男が勝ち誇っているのをみて、一番を挑み、二度、三度と彼を投げ飛ばす。

その後ハワイに旅だった西山は、そこで国際村建設場へ案内されたりして楽しい日々を送っている所へ、サントスの従兄から手紙が届く。それを読んで、南米もすぐ近くにあるように感じた、と作品は閉じられる。

「故郷は地球」は、宮城が上京した一九二一年から社長命でハワイへ渡った一九二七年までのことを、ほぼ、彼の経験に即して書かれていたといっていい。それが、何度も推敲を言い渡された「生活の誕生」のような苦労をしないで書き上げられたのは、彼の中に、「さまよへる琉球人」たちにたいする怒りとともに沖縄に対する偏見や差別的な取り扱いにたいする怒りが抑えようもなくあったことによっていよう。そこにもまた宮城のアンビヴァレンスな気持ちの現れを読み取ることができる

②『三田文学』への登場

「故郷は地球」のあと、宮城は、里見から幾度となく指導を受けてきた作品「生活の誕生」を『三田文学』一九三四年三月号に発表する。宮城は回想で「若しお前の代表作は、と訊かれたら、わたくしは躊躇なくこの『生活の誕生』をあげる」といっているが、それは苦闘の末に書き上げられた作品であったという意味でもそうであり、さらには、自分の創作のかたちを決めた一篇であったという意味でも、そういっていいものであった。

「生活の誕生」は、近代日本文学の一つの特徴とされるいわゆる「私小説」の系譜につながるものであり、宮城の作品は、平野謙の「破滅者」の文学と「調和者」の文学といった区分によれば、「調和者」の文学に位置付けられるものであった。

自らの生活を赤裸々に告白していくかたちで書かれた「生活の誕生」は、小説に専念するため会社をやめた私が、友人と二人でお互いの知人を訪ねていく途中、遠浅の海を眺め、幼少期を過ごした故郷琉球の景色や師範学校のあった首里市の景色を思い出す場面からはじまり、考えていた事業を断念したこと、生活を倹約し創作に専念するため小さな家に引っ越したこと、作品が雑誌に掲載されていることを新聞広告で知って喜ぶが、その喜びもつかの間で、雑誌は発売禁止処分を受け作品は抹殺されたこと、子供が赤痢の容疑で入院し隔離されたこと、友人知人に就職の斡旋を依頼するがどれもこれもうまくいかなかったこと、蓄えを失い、一時しのぎに質屋に通うようになったこと、友人、親戚に借金のお願いをして廻るがなかなか算段がつかず追い詰められていくなかで、妻との争いも悽愴苛烈になっていったこと、それでも一家心中にいたらず、なんとか新年を迎えることができたといったことを書いたものであった。

「生活の誕生」は、改造社を退職して書き上げた「投身婦人の謎」が、掲載された雑誌から削除されるといった事件が起こったその年が暮れて、新年を迎えるまでの時期を扱っていた。そして、その続編ともいうべき作品「樫の芽生え」が、同年八月号『改造』に発表される。

「樫の芽生え」は、「或る大新聞社が新人創作を掲載する企ての一人として選に入り、六月以来幾度か稿を改め、今五六日もすれば原稿を収めることが出来、金も貰へると共に文壇への第一歩が踏み出せるといふことである」という箇所と、「年も改まり二月になつてからのある土曜日だつた。もう希望が無いのではないかと思つてゐた謙一の作品が、今度の月曜から掲載され出すとの予告が思ひがけなくも出た」とある箇所からわかるように、「故郷は地球」の書かれた時期が扱われていた。

「樫の芽生え」もまた、家賃の滞納による借家からの立ち退き要求、妻をはじめ子供たちの相次ぐ病気、子供たちの学費の滞納、金策が尽きたなかでの夫婦のいさかいといった、極貧のなかであえぐ家族の姿が描かれていた。

「樫の芽生え」は、改造社の社長から、直々に「改造の創作に出す書き留めはないか」と問われ、まだ書きかけであったが「はい、あります」と答えて、『改造』への掲載が実現したものである。改造社の社長が、宮城にそのような声をかけたのは、直木三十五の通夜の席上「生活の誕生」の話が出て、「慶応出の雑誌編集者が随分褒めて」いるのを聞いたことによる。

宮城は、「足かけ十年勤めたこの雑誌『改造』に一行でも自分の書いたものが採用される日があるだろうかと、思い通して来た」という。その夢がやっと実現し、高名な作家たちと名前を並べて掲載された作品は、数多くの雑誌の時評欄で取り上げられていく。

牧野信一は『三田文学』九月号で「『樫の芽生え』を読みて」として、その作品を読んで「痛感に堪えられなかつた」とはじめ、「傑作といふ類ひの稀なるものに相違ない」といい、これまでは、作家の実生活を描いたと思われるもので、感銘深い作品について、あれこれ言うのは差し控えていたが、この作品については、つきあげてくるものがあって黙っていられなくなったとして「この作から享けたところの痛ましき感銘は、稍ともすれば胸に畳み込んでしまひたい、吹聴などはしたくないものだつたが、さう思へば思ふにつけて、却つて黙つて居られなくなつた。蓋し傑れたる作に贈る賞賛に何のちゆうちよが要る筈もない」と、絶賛していた。また同号『三田文学』の「今月の小説」で田中孝夫は、「かういふ小説はもつと早く出現すべきではなかつたであらうか」と書き出し、このような小説が、四、五年前に出ていたならば、プロレタリア小説の没落など「満州事変以後の社会情勢の急変」を俟つまでもなかったであろうし、大衆文芸にしても「そのあまり価値のない存在を許容」することもなかったのではないかといい、この一篇は「本質的範疇の上に横るその異常な異色性の点を以て、末梢的鑑識乃至批判尺度の使用は極めて第二義的なものとなる可能性を充分に認めらるべきであらう」と論じていた。そして、この作品でとりわけ注目すべきなのは「これほどの病、貧二つ乍らを具へた人生最悪の悲惨なる素材を描いて、尚且読者をして些かも戦慄眼を蔽はしめないところの作品そのものに溢れる東洋的余裕である」と評価していた。

宮城の作品は、牧野、田中から絶賛を浴びたが、勿論、そのような評だけが現れたわけではない。『文芸汎論』九月号「文芸時評」で、長崎謙二郎は「胸を打たれて兎角の批評など私には出来ない」としながら、続けて「しかし私はここで素材的事実には眼をつぶつて不満を述べなければならない。生活苦小説もそれが単に貧乏生活の直写に終つては意味をなさない。何故ならばそれは一つの事実にすぎなくなるからである。貧乏の事実ならば、その生活の表現力を持たない人々にもつともつとひどい生活をしてゐる人々がある。無数にある。貧乏を描いて意義を生じるのは、嘗てプロレタリア文学の採つた方法とか、貧乏の故にその経済生活が運命化していかに人間の道を狂はせるかに及んでゐる場合である。素材としての貧乏生活が文学になるのはそこからである。貧乏に苦しんでゐる事実を知るだけのためなら、今日最早文学を俟つまでもない。『樫の芽生え』は、表現も大変ぎこちなく最後の芽生えを意識するところなども作為的であつた」と評していた。『文学評論』九月号「作品雑評」で武田麟太郎は「『樫の芽生え』と云ふ最後の解決があつけないほど、大袈裟に身ぶり手ぶりで――大袈裟と云ふのは素材に対する作者の感情ではなく、表現がである。このやうな窮貧の底は、これほどの筆でなくとも、現し得るのである。だから、読みづらい乱雑な感じをうける」といい、「最近の新作家が情痴の問題にしろ、生計（生活にあらず）の問題にしろ、どうやら作者の直接経験らしいものを『樫の芽生え』の場合のやうにぶちまけて書く、書くのはよいが、唯それをうつしただけで小説になると思つてゐるのか、と云ふことである。状態をうつす、しかし、そこに種々な考慮が加つて来なければならぬ、さうした事実にいつまでも頼つてゐるならば、何のために小説を書くのであらう、と云ひたいのである」と、ほぼ長崎と同じような指摘をしていた。

「樫の芽生え」に対する厳しい評は長崎や武田の評だけにとどまらない。『早稲田文学』九月号の「文芸時評」で岡沢秀虎は「出来上がつた自己（一個の独特な個性）を出すこと、自己の持味を出すことは、ブルジョア文学の一つの根本的な特徴である。この傾向が東洋流の人生観と合して、日本にはいわゆる「心境小説」が生まれたのである。従つて現在も猶、持味を主とする作家が仲々多い」と述べたあとで、林芙美子の「田舎言葉」について触れたあと「樫の芽生え」について、これも「結局持味を出さうとしたものである。然し大して「出来た人間」も感じられなかつた。その代り描かれた事象が身辺の日常であるだけに、客観的描写に於ては林氏の作よりも傑れてゐるかも知れない。だがこゝに描かれたやうな事象は、単なる持味（乃至心境）を出すために書かるべきものではない。文芸作品としては、作者がこの悲惨な現実の解決の意図を以て書くのでなければ、客観的には無意味である。常識的な善良さ以外に何らの客観的意図もない、この貧弱な主観の持主に、どこに新人として紹介する価値があるのだ」という手厳しい評も見られた。

貧乏であるという現状を書くだけに留まっているのでは文芸作品として意味がないということと共に、その文章の読みづらさが指摘されていたが、あと一つ次のような評も見られた。

『制作』九月号「文芸時評」で、三上秀吉は「自叙伝のやうな作品」で「これくらいのことを書ける作家は同人雑誌を見まはしてもザラにあると思ふ。筆は決して暢達ではなく凡そその反対である」としながら「だがこの作者の美事な童心は非常に高い所にある。これは僕の芸術に対する大胆な判断ではなく、この作品にこもる自由画のやうな味は、作者の素直な赤心を、無技巧に率直に披瀝して余りあるではないか。僕はこの気の弱い謙一と云ふ主人公の善良な性質を考えるよりも、どんな貧困にもゆがめられない美しい童心を感ずることによつて、兎角かう云ふ貧困物語から受ける憂鬱から救はれ、最後に自然への希望を出して頭の下がるところ、作品の効果を高めると云ふより、これは寧ろその作品にとつて光背のやうに尊いことなんだと思つた」というように、他の評者にとっては弱点として非難されていた点を逆に評価した評も見られた。

「樫の芽生え」は、宮城が後に「批評家たちによって、毀貶、随分賑わしかった」と回想しているように、九月の「文芸時評」を賑わした一編であった。それは、たぶん『改造』に掲載されたということとも関係していよう。

『改造』の前に『三田文学』に発表された「生活の誕生」についての評もなかったわけではない。『文学評論』四月号に掲載された「同人雑誌の動向を探る――三月の諸作品を通じて――」で山田清三郎は、「力作、百枚といふが、たるみなく終わりまでひつぱられた」と前置きし、作品の粗筋をたどったあとで「恐らくは、作者自らの経験について書いたものであるにも拘わらず、常に一定の冷静さを保ちつゝ、客観的な描写に成功してゐることが、この作のレアリテイを、濃く、強いものにしてゐる。多くの失業インテリの中には、この作に、自らの姿を見出し、そして、何ものかを与へられるものが、決してすくなくはないであらう」と評価しながら、結末の部分が感傷的で真実性に欠けるうらみがあると評しているのが見られたし、また『翰林』四月号に掲載された「新文学の阻拆―文芸時評―」で十返一は「三月の新人中また生活派の傾向を持つ作品としては稀にみる重厚味の深い小説であつた。ここに描かれてある程生活を露骨に掘り下げた小説は少ない」と評価しながら「ここにある観察と文章は自然主義へ還元する危険性を胎んでゐる為に明日果して此の作家の強みか尚ほ強味でありうるか否かは疑問であらう」と宮城の将来を危惧する評も見られた。

「生活の誕生」を掲載した『三田文学』はその「編集後記」で、「殆ど百枚の力作で、甚だ粘着力のある強靭の筆致は近頃の異色ある作家の出現で、確かに文壇に一つの話題を提供し得たかに考へる。われわれは自信を以て同君の作品を世評に問ひたい」と書いていたが、その反響は、『改造』掲載作ほどではなかったといっていいだろう。

『改造』に作品が掲載されるということが、いかに大変であったかを窺わせるものである。

③「新人作家」として

一九三四年「故郷は地球」「生活の誕生」「樫の芽生え」と相次いで作品を発表した宮城は、その年さらに「無花果の実一つ」を『若草』十一月号に、「ジャガス」を『三田文学』十二月号に発表していた。

「無花果の実一つ」は、「啓発社長片岡健吉は兎に角珍しい人物である」と始まる。そしてその「人物」について「剛毅果断かと思ふと熟慮細心の所もあり、豪放磊落かと思へばまた敏感で洞察力にも富んでゐるし、短慮冷淡のやうにもあれば忍従温情の美徳も人一倍持つて、社員達に畏怖の念ばかり持たしてゐるやうに見えて実際は信頼敬慕の情を心の底に植ゑ付けてゐる」と紹介していた。

改造社に勤務し、社長からの信頼が厚かった比嘉春潮は、その人物について「独裁的で、時として横暴でさえあったが、ひとりで始めた事業を隆盛に導く程の人物によくあるように、単純ながら、どこか愛すべき稚気もあって親しめる人物であった」と評していたが、比嘉の文章から推測できるとおり宮城の「無花果の実一つ」は、改造社の社長をモデルにしていた。

作品は、その人物が「子供、子供」と呼んで、自分の家に置いて社へ通勤させている、五人の少年たちの「無花果の実」をめぐるいきさつを書いたもので、その実をこっそり食べてしまった少年が、あとの四人の少年におどされたり、からかわれたりしながら、しらをきり通すというものである。宮城は、そこで盗人猛々しいといったことを書こうとしたのではなく、少年期特有の照れ隠しに焦点をあてていた。

作品は、改造社の社長をモデルにしているところからわかるように、多分、宮城が会社で見聞した出来事にヒントを得て書かれたものであろう。

「無花果の実一つ」のあとに発表された「ジャガス」は、ハワイで聞いた話をヒントにして書かれたものであった。宮城は「新城先輩のお世話になって、いろいろハワイの事情を聞くことができた。初期の移民が、日本での契約とは異り、牛馬同様の苛酷の労働を強いられた委しい具体的な話をきかして貰った」といい、「新城さんにきいた話はわたくしに八年後に、私の唯一の戯曲『ジャガス』を書かすことになった」と回想していた。

「ジャガス」は、第一回目のハワイ渡航で世話になった人に聞いた話を取り入れて書かれていたが、そこには宮城が影響を受けたという永井荷風の「あめりか物語」との関係も認められる。

「あめりか物語」の一節に、妻を残して働きに出た男の話がある。男は、同業者に、一人では寂しいだろうから妻を呼んだらどうだといわれ、さっそく妻を呼び寄せたところ、彼等のなぐさみものにされた、という話である。宮城は、女のいない耕地で働く男たちを描くのに、その一節を思い浮かべていたに違いないのである。

「ジャガス」は、苛酷な耕地労働を強制されてきた雇用者たちが、やがて解放闘争に立ち上がっていくというものである。宮城はその原稿を、最初改造社発行の『文芸』に持ち込んだ。ところが二、三ケ月たっても音沙汰がなかったので取り戻して『三田文学』に持って行ったところ、すぐに採用された。宮城は掲載誌を、さっそく改造社社長山本実彦に送った。山本は、宮城の戯曲を面白かったといい、「もう一度ハワイへ行って見ないか」と二度目のハワイ行きを打診してきた。

宮城は、山本の有り難い申し入れを受け、渡航することにする。二度目のハワイ行きは「改造社の費用節約のため前田河広一郎にならって、三等船客で行くことを山本社長に話し、ハワイでの旅費も改造社の出版物で充てることにした」という。

一九三五年六月二一日の『日布時事』は「新進作家宮城氏昨便で来布」の見出しで、「大毎の懸賞小説に当選し文壇の新進作家に列されてゐる雑誌改造社記者宮城久輝氏（沖縄出身）は所報の如く昨日の秩父丸で来布したが、今回の来布の目的の大半はハワイを材料にした創作の材料蒐集にあるそうでワザと三等船客の中に雑つてゐた、同氏は元改造記者で例の円本全盛時代にこの用件で特派来布したこともあり、当地に知人も多い、現在又改造社に再入社し山本社長の顧問社員である」と報じていた。

『日布時事』が伝えているように、宮城の二度目の来布は、一度目のそれとは異なり、「創作の材料蒐集」のためであった。ハワイの日系人、とりわけ沖縄系移民は、宮城の「創作の材料蒐集」に積極的に協力するとともに、ハワイでの旅費が「改造社の出版物で充てられる」ことを知って、その販売にも奔走してくれた。

宮城は、その時収集した材料をもとに、ハワイを背景にした数多くの作品を発表していくことになる。

6、作品集の刊行

①『創作　ホノルル』の刊行

一九三六年七月、宮城は最初の作品集『ホノルル』を刊行する。そこには「ホノルル（創作）」をはじめ「ハワイ同胞へ（印象所感）」「ホノルル記（随筆）」「三等渡布記（創作）」「ホノルル移民局」「ジャガス（戯曲）」「人種の復讐（創作）」「ハワイ島（紀行）―ヒロ行・コナ紀行・ヒロ滞在記（一）・キラウエア行・ヒロ滞在記（二）・ヒロを去るの記」「馬哇紀行（紀行）―ラハイナ・パイアの印象」が収められている。「ジャガス」「人種の復讐」以外は、未発表作品で、たぶん二度目の渡布後に書き下ろされたものである。

作品集の表題にもなっている「ホノルル」は、主人公進登がホノルルに着く直前の状況を、一方で星条旗に興奮するアメリカ人たちの姿、他方で日本艦隊を見送る日系人たちの熱狂する姿とで映し出し、その相異なる場面に「日本で成長した花田」と「同じ日本生れでも、公立学校を最初から修め、マッキンレー・ハイスクールを出た上田」という二人の反応を取り上げ、ハワイの日系人たちが、決して同じ価値観を持っているわけでもないことを示したあとで、進登の上陸、挨拶回り、歓迎会そして淫売窟探検といった出来事を描いていく。

ホノルルにやってきた主人公進登について「友人といふ程でもない」上田が紹介する。上田によると、八、九年前に来た時の進登は「或る大雑誌の編集記者で、景気のいい勤め先からヴェケイションみたいな出張で、船なども一等だった」が、今回の来訪は、前回とは大層異なるものであるという。そして、「聞き知つてゐた」ことだがとして、勤め先をやめて以来の進登について「以前の生活の安易を失ひ、非常に苦難な日を過したが、その代償として新進作家の名を為し、東京、大阪の或る大新聞に連載の短編を発表したのを振り出しに、なかなか採用しないと聞いてゐる高級の大雑誌の創作欄にも発表してゐるとのことだつた」と紹介していた。

上田が、「聞き知つてゐた」として述べているのは、宮城の経歴そのものといえた。宮城は「文学と私　連載14」で、改造社の社長の意向で二度目の渡布が「実現することになった」といい、続けて「わたしはその前年一九三五年の三月には東京日日（現在の毎日）と大阪毎日新聞の夕刊純文学作品の連載、三月号三田文学に『生活の誕生』中編、八月号改造に『樫の芽生え』の作品を発表」したと書いていた。宮城の回想に見られる「その前年一九三五年」は、一九三四年の記憶違いであるが、「ホノルル」の主人公進登は、ほぼ宮城自身と重なっていた。

「三等渡布記」「ホノルル移民局」も同じく宮城の二度目のハワイ体験をもとにして書かれたもので、前者は、乗船切符を取得するためにかけずりまわったこと、船内でのこと、上陸に際しての米国人医師による屈辱的な男根検査風景等を、後者は、前者の続編とでもいうべきもので、下船後「移民局」の建物へ収容され、警備員に監視され、何時入国を許可されるのかわからない三等船客たちの右往左往する様子を描いていた。

『ホノルル』には、創作、戯曲とともに紀行文が収録されている。紀行文について宮城は「序」で「紀行は殆ど全部実名を用ひたので、文辞は注意した積りだが、たゞ文学者としての心掛けから実際ではなくても真実だけは失はないように努めた」といい、「そして私は個人的にもハワイ同胞の誰一人、反感や悪い印象を持てないことは幸ひ此上ないことである。私のよきとする所は私の逢つたハワイ同胞の皆がよきとしてゐるのを感じた。そして私が逢つた個々の方々は、ハワイ同胞の概念としてもいいと考へる。だから私はその方々を借りてハワイ全同胞を描いた積りである」と述べていた。「実際ではなくても真実」だというのは、「文学者」として感じたことを率直に表現したということだが、そのことを支えているのは、宮城の強い感謝の念である。そしてその感謝の念を生んだのは、言うまでもなく、ハワイに住む同胞の善良さであり、風物の壮麗さであった。

ハワイを舞台にした小説やハワイ紀行が、当時の日本で、どの程度発表されていたかよくわからないが、宮城の作品集が、ハワイを伝える大切な一書になったことは間違いない。

新庄青涯は、「産業、経済、文化、軍事、貿易、交通、観光と言つたような方面からのハワイ紹介報道」はかなり見られるとはいえ「それだけでは物足りないと思ふ」という。そして「我々が最も関心をもつべき日本民族の海外発展の実生活の奥を流れるもの、また流れ去つた民族的な苦闘哀史の跡を顧みて心をうつような文学作品を通じてハワイ同胞生活状態の核心を把らへたりまたはハワイと言ふもの丶文化的な諸相や諸人種雑居の移民地としての環境の裏道や国際都市としての特異なカラーに満ちた底流なりを紹介し得るものは単なる月並文章で綴られたものとか統計数字や新聞雑誌記事を通じた事実の列記よりも香高き文学作品を通じての方が観方の立場もあるけれどより効果的である。それは人の心を衝くからだ。人の心の奥底を掘下げてゆくからだ」と一般的な見解を開陳したあと、宮城の創作集に焦点を絞っていく。『創作ホノルル』は「すべてがハワイの何から何までに触れた作品ばかりであつてハワイの奥底を流れているものそれは人種、国家、民族、新しい古い文化、在留同胞生活等々の裏に秘そむもろもろの映像に深くも尖鋭に触れてゐる香高い文学作品である」といい、「こうした見方によるハワイ観や紹介が決して軽視出来ぬばかりでなく最も重要なる意義があることを痛感するのである。そして自分の住むハワイをこんな観方によつて（文学作品を通じて）認識し再検討するためにも本書を読むことが徒爾ではないと私は思ふのである」と述べる。

新庄の筆になる「創作ホノルルを読む」は、最後に、コナ在住の又吉ドクター、菅村ドクターが、宮城の熱烈な応援団であることを伝えて終わっているが、それは、宮城の作品が、ハワイで、歓迎されたということを物語っていた。

②増補改訂版『ハワイ』の刊行

宮城は、一九四二年四月『ハワイ』を改造社から刊行する。『ハワイ』は、先に刊行した『ホノルル』から「ハワイ同胞へ（印象所感）」「人種の復讐（創作）」を削除し、「実話」として「アラモアナ事件」、「紀行」として「裏オアフの記」、「随筆」として「爆撃された布哇」「夏日南を懐ふ」「ワイキキ海岸を思ふ」「ハワイの略説」を新しく加えていた。また、採録された作品は、それぞれに手が加えられていて、同一作品の単なる再録とは異なるものとなっていた。

『ホノルル』を便宜上初版本、『ハワイ』を再版本とし、両者に収録されている作品をそれぞれ見ていくと、「三等渡布記」の場合には、初版では、作品を「進登も皆と同じくバンドに手をかけた」と終わっていたのが、再版では、その箇所を削除し、「間もなく三等の男達はもとの一等甲板へ戻つてゐた。喫煙室の中では、三等の女達が、米国人の前に坐つて調べられてゐた。今まで怯えて見えた男たちは、急に元気な明るい顔になつて、話し合つてゐるものもゐた。／しかし、一時旅行者の進登だけは、一人離れて海がわの欄干に凭れて、人々の軽口などたゝくのを見てゐると、今さきの光景がまざまざと思ひ浮かんで、ぞろぞろつづいてゐた日本人が、獣よりも哀れに思はれ、横浜で嘉屋が云つた言葉が初めて心を刺した。やがて彼は、それを、日本に対する米国からの侮辱として感じた。すると、その侮辱の原因を思ふのであつた。それは、我等日本同胞が、自由に移住していい筈のわれ等東亜民族の土地、即ちマレイ、スマトラ、ボルネオ、ジャバ、濠州などへ、イギリスやオランダが、しめ出しを喰わせて、自然アメリカに移民しなければならなかつた。そして米国は、不毛の地を、血と汗で美田にしてやつた我々の同胞を人種的差別で虐待するのである。――祖国の力が身内に湧いた。何時かはこのハワイが、移民官がなくて来られるやうな思ひになり、そして濠洲を始め南太平洋の島々が日本と同じ一色に塗られた地図を頭に描くのであつた。／彼が思ひに耽つてゐると、三等の男達の姿は殆どなくなり、若い二世の男女ばかり残つてゐた」といった文章が付け加えられていた。

「三等渡布記」の続編といっていい「ホノルル移民局」の場合も初版の最後の場面に加えて「七重八重に堅めて東洋人を囚めるアメリカの移民局に、再び夜が来た。事務所の屋根を越えて、昨夜と同じく紅緑のネオンが明滅して、囚められた東洋人を嘲笑つてゐるやうである。抑留所裏の兵営のラッパは二度鳴つて、室内は咳払ひさへ聞ゑなくなつた、事務所の前を走る自動車の音がすさまじく聞こゑる。鋸の歯形に鋭い山脈も月も、また昨夕と同じ姿を見せてゐる。／何時しか進登はアメリカの移民局を考へてゐた、平素は穏和な彼だが、むらむらとアメリカの独善政治、東洋人への人種的偏見に憤りを持ち出してゐた。／——移民局のないハワイ、ダイヤモンドヘッドに砲台がなくなるハワイ——。そして日本を想ひ、果てはまたハワイが蘭印や濠洲と共に日本と同じ色に塗られた地図なども想ひ浮べるのであつた」と書き加えていたし、「ホノルル」の場合も「三等渡布記」「ホノルル移民局」と同じく、初版の最後に、再版は「しかし、歓楽の果に甦るものは、夢寝も忘れぬ祖国への思慕である。七人の日本人を乗せた車は、ギリシヤ神話のサンダルとなつて西の空を天翔り、彼等の魂を乗せて、愛する祖国日本へ突進してゐるのであつた」と書き加えていた。

宮城は、いずれの作品も再録するにあたって新しい文章を最終箇所に書き加えていたが、何故そのような文章を書き加えたのか、そのことを明らかにしてくれる作品に「ジャガス」があった。

「ジャガス」もやはり最後の場面に、初版にはなかった言葉の増補と、書き換えが見られる。初版では「私は、きつときつと長岡の魂を安める為めに、ここの耕地の労働者を救ふ考へだ」という藤田の言葉を受けて、きよ子が「ええ！ 妾も出来るだけやりますわ」というのに、藤田が「一生懸命やらう……」と重ねて幕となる。それが再版では、藤田の「私は、きつときつと長岡の魂を安める為めに、ここの耕地の労働者を救ふ考へだ」という言葉を削除し「ここの耕主は顔だけは人間だが、それこそ地獄の鬼でもこんな酷い心は持つてゐないのだ、鬼は人間にゐると聞いたが、耕主のことだつた、いや耕主ばかりではない、アメリカ人は皆鬼だ、鬼でなくて、そうしてピストルで脅して火の中に飛び込まして殺すことが出来るか、さうだ、鬼を退治するのは日本の男だ、俺は生命を賭けてやる考へしてゐる。それで初めて長岡の魂も安まる。われわれ同胞が心を合して当れば、欲の深い鬼はきつと退治出来るのだ」と書き加えていた。そして藤田のその言葉をうけて、きよ子が「ええ！　きつと出来ますわ」と答え、最後を藤田の「生命を懸けて出来んことはない、きつとやらう」という言葉で閉じていた。

③両作品集の差違

初版と再版との大きな違いは、「ジャガス」の登場人物藤田の言葉が示しているように、初版には見られなかった「アメリカ人は皆鬼だ」といった言葉や「鬼を退治するのは日本の男だ」といった言葉が書き加えられていたことである。

再版の創作三編の増補が意味していたのも、つづめていえば、「アメリカ人」に対する敵愾心であったといえるだろうが、それは創作や戯曲だけに見られるものではなかった。

「オアフ島紀行」のなかの「ホノルル」は、初版の「ホノルル記」の三分の二にあたる部分が削除されている。削除されたのは、東京ではかつて味わったことのない詩情を、ハワイで感じたことについて触れた部分で「この感情は必ずしも旅行者としての私一人の特別な心ではなく、コナツの高く聳ゆる南の国の自然と、個人の生存権を尊重して、主人と使用人ともよい友人として交際出来る米国の社会情勢から来たことで、誰もが感じる自由な感情と思つた」といった文章を含む箇所であり、また「ラッキーといへば」として実に羨望のまなざしを以て記されたアメリカの潤沢な賠償金、抽選、補助金等にまつわる「ホノルル記」の大半を占める話も削除されていた。

初版と再版の紀行を比べていくと、再版には削除、増補、書き換え箇所が数多く見られた。それらは「コナ紀行」の中のワイミアの町を出外れたところにあった「CCCキャンプ」をみて、「日本などの夢にも考へられないこの辺鄙の土地へもアメリカ政府の社会施設が行き届いてゐる、国力と社会政策が羨ましかった」といった文章の削除、「ヒロ滞在記（二）」のハラウラニプレースの美しさを賞賛した箇所で「しかし白人の特権部落で人種的の牆壁を設けてあるといふのはやはり、アメリカ独善を感じさせた」といった文章を書き加えていたこと、同じくハラウラニプレースに案内された際の、感慨を記した箇所で「私はヒロの人々はこの景色があるだけでも幸福だと思ふ」と書いていたのを再版では「私はヒロの人々はこの景色でアメリカ権力の圧迫を慰められるだらうと思つた」と書き換えていたように、かつてアメリカを賛美していた箇所の削除、そしてアメリカの特権を批判する文章の増補、書き換えが目立った。

削除、増補、書き換えは、その他私事に関することや世話になった人々の名前をイニシャルにした点などに及んでいるが、初版と再版の違いの大きな点は、何と言っても、アメリカ賛美が姿を消したことだろう。そのことをよく語っているのが、「ハワイ同胞へ――懐しきハワイ印象――」を再版から外したことである。

「ハワイ同胞へ――懐しきハワイ印象――」は、六つのパートからなる。一はハワイが理想郷に近い島であること、二はハワイの同胞がすばらしいこと、三はハワイが地上の楽園であること、四はハワイが文明と、文化の咲き誇る島であること、五はハワイが生き甲斐のある島であること、六はハワイが同胞民族の栄えていける島であるといったことを書いていた。再版が、『ハワイ』を表題にしていることを考えれば、「ハワイ同胞へ――懐しきハワイ印象――」は真っ先に収録されてしかるべきであったといっていいが、意外にも外されていた。

外された理由は、単なるハワイ讃歌で終わっていなかったことによるであろう。一から三までと異なり四になると「ハワイを支配するアメリカ政治は、現在世界の国々と較べ見る時、進歩した秩序と制度法律を持つてゐると思ふ」とアメリカについて筆を伸ばしていく。

宮城は、そこでまず「アメリカは個人の自由と生存権を尊重して、民意も或る程度行はれる国」であるといい、イギリスやオランダに較べても「アメリカの国が紳士的であり、友好的だと」いった移民政策に関わる問題から入り、政治・経済問題を取りあげていく。そのあと「社会事業」に対する日本社会とアメリカ社会の違い、選挙に対する「民衆の自覚」の相違そして不景気問題に触れ、「日本の政策」が「民衆に苦しみ」を与えているのに対し、ルーズベルト政策は「民衆の生活を救つて」いると感じたといい、次に「日常個人の生活」に関する「民主主義アメリカ社会」と「封建的忍従を長く伝統とする日本」との違いを突き、さらには社交性の相違という面に関しても、アメリカ人は「客観的に見る時は、秀れた人種に考へられる」とした。続けて「アメリカ政治の民意尊重から来る住民の幸福はいろいろあるが、経済的の生活安定が第一である」とアメリカを賞賛、その他「失業救済などの事業」、「衛生施設や予防」、公園、道路、「公共の建築」といった「事業施設」に関しても、アメリカの社会政策が日本に較べ如何に優れているかと、例をハワイにとって賞賛していた。

宮城は、ハワイの同胞が「アメリカ政治の恩恵に依りこの世界苦難の時代にあり乍ら、余程恵まれてゐる」といい、五で「私は若し私の仕事とアメリカの国法が許すなれば、自らハワイの土地に住むことを勇み喜ぶ」といい、六では、「ハワイの同胞がアメリカ文化の長所を取つて、その土地を喜びその日その日を過ごしてゐることを衷心から祝福する」といい、「若しハワイ同胞が、ハワイがアメリカ領土であるといふことのみに拘はつて、不満の日を過すのは何よりも不幸なことではないかと考へる」と述べていた。

日本とアメリカを比較し、その政治的、経済的な面はいうにおよばず個人的な面についてもアメリカには及ぶべくもないといい、そのような土地が、もし居住を許すなら喜び勇んで行く、といった米国の施政を賞賛した文章で埋まっていた随想に手をいれていくことは、それほど容易なことではなかったはずである。

敵国を賞めるような状況などすでに吹っ飛んでしまっていた。外さざるを得なかった由縁である。

④続・両作品集の差違

再刊本は、初版に収録されていた「ハワイ同胞へ――懐しきハワイ印象――」を外すとともに再収録作品の書き換え、増補を行っていたが、「実話」として「アラモアナ事件」「紀行」として「裏オアフの記」とともに、新たに「随筆」として「爆撃された布哇」「夏日南を懐ふ」「ワイキキ海岸を思ふ」「ハワイの略説」の四編を加えていた。

「アラモアナ事件」は、一九三一年九月一二日の夜、アラモアナで白人婦人が数名の不良青年に拉致され殴打、凌辱された事件を、現地で発行されていた新聞記事を下敷きにして書いたものである。事件の発生、裁判の様子、加害者の一人と見られた男が、被害者の近親者たちに惨殺されたこと、惨殺者たちが一時間の入牢で出獄したことなどを追跡していったドキュメンタリー作品であるが、その終わりを「アメリカの政治がアングロサクソン以外は人間でないと考える好見本であつた」と閉じていた。

「アラモアナ事件」は、事件そのものに関心があって書かれたことは間違いないが、それ以上に、ハワイに於けるアメリカの独裁的な振る舞いを示そうとしたものであったといっていい。

そのようなアメリカ批判は、「実話」として収録された作品にだけ見られるものではなかった。初版に収められた「紀行」には、アメリカを賞賛する言葉こそあれ、批判するような文章は見られなかったが、再刊に際して新しく収められた「オアフ島紀行」の中の「裏オアフの記」には、ハワイを懐かしむ文章とともにアメリカを批判した箇所が見られる。

名所ヌアヌバリを訪れた宮城は、ヌアヌバリからの眺めを、アメリカ人は「世界に名高き眺め」だと誇っているが、「しかし、このヌアヌバリは、アメリカ人に取つては、世界に名高い眺めではなく、彼等の心を刺す剣でなければならない」という。また「アメリカの人は、最初のハワイ発見者はキャプテンクックと云つてゐる。がこれは神を畏れぬ不遜の心の現れである。白人と誇り、有色人種を蔑げすみ、そして有色人種を獣類と同じく見下した傲れる心の現れである」といい、クックが殺された由縁、カメハメハ王による全島制覇、アメリカのハワイ侵略を略述したあと、「呑気で欲がない単純なカナカの人と、官能を人生の総てとして宇宙の心を考えぬアメリカ人、そしてそのアメリカ人に害されて歪められたハワイの今日に思ひは進み、何時かは、ハワイのアメリカニズムが、カメハメハ大王がしたやうに彼等のいふ有色人種に依つて、このヌアヌバリから逆落される日のあるやうな気持ちにもなるのである」と書いていた。

再版に収められた作品は、そのように初版には見られなかった記述が随所に見られるようになるが、それは、再版の刊行された時期と密接に関わっていた。そのことをよく語っているのが再版で新しく収録された「随筆」のなかの「爆撃された布哇」である。

宮城は、それを「今日の昨日までどうなるだらうと思ひ通して来た太平洋は、これまでの低迷した暗雲がはつきりと形を現し、文字通りに地球創造以来の大暴風となつた」と始め、「日本民族一億の総進軍である。亜細亜民族十億が地球の限り、神の使命通り地上に足を踏まへる栄光への総進軍である。日本に生を亨ける者、誰か血を沸き立たさずにゐられよう」と興奮を抑えられない口調からなる文章に続けて「ラジオは刻一刻とわが陸海の精鋭が、これまで地球を我が物と思ひ込んでゐた暴慢なるアングロサクソンへの膺懲を伝へ」ているといい、「その中で最も自分を驚かしたのはホノルルの爆撃である。何といふ神速果敢ぞッ！　軍発表は、ホノルル時間七日の七時三十五分、日本時間で八日の三時五分に、わが海軍機の大編隊が大空襲を行ひ甚大なる損害を与へ、真珠湾のアメリカ艦隊並に航空兵力に一大奇襲作戦で大成功を収めてゐる」と書いていた。

「爆撃された布哇」は、「大東亜戦争勃発の日――『都新聞』」とあるように、一九四一年一二月八日、真珠湾奇襲攻撃のニュースを聞いて、すぐさま書かれたものであろう。

南千島エトロフ島のヒトカップ湾を出発した連合艦隊の機動部隊は、一九四一年一一月八日午前三時一九分、真珠湾を奇襲、また同日夜明け、陸軍の第五飛行集団はフィリピン・ルソン島北部の各飛行場を空襲、第二五軍第五師団主力は、同日零時すぎ、タイ南部のシンゴラ海岸に進入、午前四時過ぎマレーとの国境にむかって前進、英領コタバルに向かった部隊は、午前二時頃、上陸といったように日本軍はハワイをはじめ南方諸地域を攻撃、英米との戦争に突入する。

『ハワイ』の刊行は、間違いなく、真珠湾での奇襲成功と関係していた。宮城が、『ホノルル』に収録していた作品に手をいれたのは、真珠湾以後ではないかと思われるが、勝利の報に湧くなか大急ぎでそれはなされたに違いない。

宮城は『ハワイ』について、「後記」で「終りに少しくこの本について述べたい」として「収めたものの目的は、国際的特異性の横溢する独善アメリカ政治下のハワイの社会層と風物自然、即ち、足と目で親しく見たハワイのいろいろの姿を描き現さうと努めた。相当の年月に亘つて意欲のままに書いて、大部分はその都度雑誌や新聞に発表したものだが、今度出版に際して多少の筆を加へた」と書いていた。それが、「多少の筆」でなかったのは、これまで見てきた通りである。

7、ハワイ関係著作

一九二七年、一九三五年と宮城は二度、ハワイを訪れ、その際の見聞をもとに、数多くの作品を執筆していた。そしてハワイに関する作品を集めて一九三六年には『ホノルル』、一九四二年にはその増補改訂版『ハワイ』を刊行していた。しかし、ハワイに関する文章のすべてがそこに収録されていたわけではない。

収録されなかったものに「想ひ出のハワイ歌壇」、「ハワイの日本文学」、「ハワイの短歌壇」等がある。

「想ひ出のハワイ歌壇」は、『短歌研究』一九三五年七月号に掲載されたものである。それが、最初の渡布から随分年月がたって後に書かれていたことは、「僕がハワイ地方へ遊んだのは一九二七年だつた。足掛け九年の月日が過ぎてゐるので記憶も薄らいではゐるが、然しハワイで意外に感じたことは短歌熱の盛んなことだつた」と書き出しているところからわかるが、宮城は、何故「足掛け九年の月日」も過ぎ去った後になってそれを書く必要があったのだろうか。

宮城の渡布は、一度目と二度目とでは大きな違いがあった。そしてその違いは、迎える側にも現れていた。

最初の渡布は、改造社の編集員として、日本文学全集の宣伝販売のためであった。彼を迎えた側は、積極的に彼の仕事の応援をしてくれるとともに、食事会をはじめ各地へのドライブそして県人会のピクニック等へと案内し、いたれりつくせりの歓迎をしていたが、それは、いってみれば、ハワイを訪れる日本人にたいする歓迎ぶりとそう異なるものではなかった。

しかし、二度目のハワイは、一度目のそれとまったく異なるものがあった。宮城は、新進作家と目されるようになっていたし、迎える側も、そのように遇したといえる。例えばそれは、「『ダクター！　宮城君をマンゴトリーに案内しましたか』『ノー、まだだらう、ねえ？』ダクターも真面目に答へ、私に振り向く。『それはいかん、そこを行かないいじや、小説は書けませんよ、ぢや何を置いても早く連れていかないといいかん』」（「ヒロ滞在記（一）」といったような会話、また「船越事件の座談会を開くといふことで、わざわざ自分をさがして来たのであつた。／船越事件といふのは今年の新年のハワイ毎日にも出たさうで、ハワイの与太者の事件ださうである。ダクターは私の創作材料になるだらうから委しく調べて行くやうにと、その関係者を依頼して話を聞かさうと云つてゐられた」（「ヒロ滞在記（二）」といった記述に見られるように、宮城を迎えて、彼等は、何か彼の創作のための材料になりそうな話を探して、提供しようと懸命であった。

そして「夜になると、又吉ダクター夫妻は、私の歓迎の宴を開いて下さつた。新聞社やヒロ俳句会、銀雨社等の方々に私を紹介しようとの心使ひに依つたもので、夫人は、朝の中からコックの鍛本さんを始め家人を指揮され準備したらしいのである。夕方からは二階の床の間の大座敷でヒロの文学に縁故のある多くの知識人が集つた」（「ヒロ行き」）というように、宮城は、明らかに作家としての待遇を受けているのがわかる。

「想ひ出のハワイ歌壇」は、しかし、宮城が作家ではなく改造社の編集者として渡った頃のことが書かれていた。『短歌研究』の「海外歌壇」に、ヒロの歌人たちの短歌、とりわけ郷里の先輩である比嘉静観の短歌が出ていて、懐かしい思いをしたという回想からはじめ、比嘉から『生命の爆音』『人間・社会』の二冊、嘉数南星から『赤光』の寄贈を受けたこと、そして嘉数の短歌、比嘉の詩篇を紹介し、ハワイの風物について記したあと「本誌に出るヒロの歌壇は、僕が行つた時には知る由がなかつた」が、ホノルルでは、豊平良金などを中心にして潮音社の歌会があって、活発に討議がなされていたこと、日本では「短歌は滅ぶ」といった特集が雑誌で組まれるほどに「短歌の受難時代」であったが、ハワイではその逆であったこと、今では、その何倍も盛んになっているのではないかと想像されること、そして、その短歌熱にあおられて作ったのではないかと思われるヒロのドクター又吉の初めて作ったという短歌を紹介し、「僕は太平洋上の楽園に於いて、我が国の伝統ある三十一文字の芸術が盛んに行はれてゐることを、内地同胞に注目して貰ひ度いものと希望ふ。これは海外の同胞との親善をもつともつと密接にするには芸術を通じてこそ最も力強いものと思ふからである」と閉じていた。

宮城が、二度目の渡航前に「足掛け九年」も前の「ハワイ歌壇」について書く気になったのは、たぶん、この結びに現れている「海外の同胞との親善」に、自らも「芸術」を通じて協力したいという思いにかられてのことではなかっただろうか。新進作家としての渡航にあたっての心構えを披瀝したといえないこともない。

「想ひ出のハワイ歌壇」の後発表された「ハワイの短歌壇」は、二度目の渡布からそう時間を置くことなく書かれていた。宮城は、ハワイの短歌壇について紹介する前にとして、ハワイの現況について触れていく。ハワイの面積、ハワイ同胞の数、使用言語、邦字新聞の種類、日本雑誌の購読等について略述し、ホノルルの潮音詩社、ヒロの銀雨社の活動状況について触れたあと「兎に角ハワイの人々の間に最も目立つて私に見えたのは、短歌芸術熱の盛なことだつた」という。そして「最後に」として、海外に広がる「故国文化」の発展に寄与している各新聞社の代表者を挙げ、彼等の「熱誠を故国の短歌壇の諸賢」に伝えたいと述べ、ハワイ同胞の「芸道」がさらに盛んになることを祈っていると結んでいた。

宮城が、ハワイの短歌壇を二度に渡って紹介したのは、その活動が他のジャンルに較べて目立っていたということによるのは勿論だし、また、宮城が、『短歌研究』の短歌欄の選者の一人であった折口信夫を知っていたということもあるだろうが、あと一つ、ハワイでの面倒をなにくれとなく見てくれた比嘉静観や当間嗣郎といった郷土を同じくするものたちの活躍があったことも無関係ではないだろう。

「ハワイの日本文学」は、「一九三五―一一―一〇」、「ハワイの短歌壇」は「一九三五―一二―八」と文末に記載されている。記載月日からわかるように、前者は後者よりも一月ほど早く書かれているが、後者を略述した格好のもので、同一の内容になるものである。

宮城が、ハワイの短歌壇について書いた随想を『ハワイ』に収録しなかったのは、何故なのか、推測するしかないが、短歌のことなど、戦争で勇みたっている情況では、振り向かれるはずもないと判断したことによるのではなかろうか。

8、多産の時期

①「罪」遊女の問題

宮城は一九三四年から一九三八年にかけて数多くの作品を発表していた。三三年までを習作期とすれば、この時期は開花期といってもいいだろう。宮城の最も充実した時期であったということができる。

ハワイを舞台にした小説を始め紀行そしてハワイの文壇についての報告文を次から次へと発表しているところにもそれは現れているが、その他にも「罪」「響かぬ韻律」「応急ならず」といった小説、「琉球で知った折口信夫」「浜木綿・まに・蘇鉄等」「琉球を巡る日支関係」「万葉調と琉球地方」といったような随想も発表していた。

「罪」は、一九三五年一〇月号『三田文学』に発表された作品で、「七百人に余る退営兵」が、故郷沖縄に向かって鹿児島の港を出ていくところから始まる。そして「二夜を航した早朝」那覇の港に入り、出迎えを受ける。

主人公「伍長勤務工兵上等兵の木村庄作」は、母と姉に迎えられ、家に着くと、凱旋を祝う親戚や近所の人々に出迎えられ、そのあと、新聞記者の取材に応じる。戦闘の話をしている途中、雨が降り出し、話が壮絶な場面になりだしたとたん、古びた家の中に「敵弾よりも激しい雨漏りの一斉射撃が始まり」、木村の心を暗いものにする。

翌日、新聞は、木村の話とともに、彼が「模範兵で、軍人精神の権化」であるとかき立てたことで、那覇で第一だと噂されている「山田合名会社」に、社長直々の指名で就職することになる。

木村は、そこでも「任務に忠実な軍隊精神」を発揮し、いよいよ社長の信任を厚くし、別の場所にある店をまかされることになったばかりでなく「君の思ひ通り自由にやつて一向に差支ないのだ。仮例君が失敗つたからつて、咎めたりなどしない。誰にも遠慮しないで、思ひ切つてやつて見給へ！」と激励される。

木下は、社長の期待に応えて、一年後には、「販売も購入も、共に以前の同時期の三倍の数字を」示すほどに繁盛させ、多忙を極める。少し暇になった旧正月の前のある日、「百姓の男」がやってくる。実直そうな男の話を聞いて、返済金の延期を認めるとともに、男が運んできた二等級の商品を一等級の代金で買い取る。

商用で街に出た木下は、その男が、町中で一見して娼妓だとわかる女と話し合っているのを見て、そっと通り過ぎようとしたところ、男に気づかれてしまう。男は、その女が、戦争で傷を負い、帰郷後亡くなった弟の娘であることを話す。女がこちらを振り向いた時、木村は、何度かすれちがったことのある顔だと思う。

木村は、女が、先の尾類馬で「子馬の先頭になつたミス辻」で鶴子といい、金持ちの馬鹿息子や政治家に抱えられているということを友人から聞き、彼女の身を案ずるばかりか、「彼女と自分の妹とが一人の人間である」ように思われ、居ても立ってもいられない気持ちになり、会いに行く。

女は木下が予想していた通り「立派な心情」を持っていて、彼をほっとさせるが、体を悪くしていることを知り、不安になる。恒例の尾類馬行事が近づき、新聞は、町の賑わいとともに、今年の花形子馬は病気の鶴子にかわり、新顔になったことを伝えていて、それを読んだ木下は、仕事をしていても女のことが気になる。暇を見て訪ねて行くと、女は、まるで牢屋のような部屋に移されていた。前の年の尾類馬行事までは華やかだった女に今では誰も寄りつかなくなったことや抱主に粗相にされているといったことを、女を慕い、介護している小娘から聞く。彼女を助けて欲しいと懇願する小娘が、部屋を出て行った後、木下は、女の話を聞き、彼女を自由にすることを考える。彼の話を聞いて、女は呆気にとられる。彼は店に戻り、金を持ち出す。

数日後、木下は警察に呼び出される。新聞は彼が店の金を横領し、遊女を落籍させたと書き立てた。店の主人は、その金は木下にやるといって了解を求めたが、警察は聞き入れず、木下は裁判で「八ケ月の懲役二年間刑の執行猶予といふ罰」を言い渡される。

「罪」は、戦争で負傷して帰郷後亡くなった男の娘が、遊女になり、「ミス辻」ともてはやされるが、やがて病気になり誰にも相手にされなくなったのを不憫に思った主人公が、彼女を自由の身にするために店の金を持ち出したことで、横領の罪により、罰を受けるというものである。

「罪」は、「爆弾を持つて敵に躍り込む」といった木下の凱旋祝にやってきた人の話に出てくる言葉や、木下が語る「Bの鉄条網破壊の実戦談」から、一九三二年二月二二日、久留米第一二師団所属の工兵三名が、中国国民政府軍第一九路軍の陣地に張り巡らされた鉄条網を破壊するため爆薬筒を抱えて突撃した「肉弾三勇士」で知られる上海事変後の時期を背景にした作品であることがわかるが、それは、宮城の作品群では異色のものであった。

その一つは、彼がこれまで書いてきた家庭小説とは異なるものであること、あとの一つは、沖縄を舞台にしていることである。宮城のこれまでの作品は、その舞台が主に東京であり、ハワイであった。

「罪」は、沖縄を舞台にしていたということと関係しているが、いわゆる近代沖縄文学の特色を兼ね備えたものとなっていた。

山城正忠の「九年母」が『ホトトギス』に発表されたのは一九一一年六月。岡本恵徳はそれを「明治四十年代の小説で注目されるもの」だと指摘、「まがりなりにも一応の水準に達した唯一のもの」だとして評価しているが、まず山城の「九年母」に登場し、そして大正期の小説を代表する池宮城積宝の「奥間巡査」に登場、さらには現在活躍している大城立裕や又吉栄喜といった芥川賞受賞作家たちの作品にも現れてくる重要な人物・遊女が登場していた。沖縄の小説をまさしく沖縄であると証明するかのように登場してくる遊女を、宮城も扱っていたのである。

沖縄の遊郭が、極めて特異な場所であったことは、さまざまな著作が書きたててきた通りであろう。女人政治の行われた場であるといったことにはじまり、来訪者の歓待が行われる場であるといった点まで含めて、沖縄を語る際、必ず取り上げられてきたといっていいが、そこで生きた女性たちの実情はともかく、作品は、彼女たちが単なる遊び女としてではない存在として取り上げられていた。

「罪」に登場する遊女は、まさしくそのことをよく示すものとなっていた。木下は、彼女について「何といふ運命の悪戯だ。君国の為めに一身を犠牲にした勇士の娘であり乍ら、娼妓に身を落さねばならないとは……よし彼女は娼妓ではあつても、屹度、立派な心情を持つてゐるに違ひはない！　自分は一見した時から、彼女こそ素朴な愛情に生きてゐることがよく分つた。金の奴隷になつて、人間の総の尊い物を失ふのが当然だのに、彼女は肉体こそ醜く汚れてゐても、心はちやんと光つてゐる！」と思う。木下には、遊女がある種の聖性を帯びて見えている。

近代沖縄文学に見られる遊女の要諦ともいうべきものを宮城もまた踏襲していたといっていいだろう。「罪」は、沖縄近代文学の系譜につながるものとなっていたが、そこにはまた宮城の理想主義がよくあらわれていた。

②「響かぬ韻律―懐しい過去―」ドン・キホーテへの意志

一九三四年三月号『三田文学』に「生活の誕生」を発表した宮城は、以後一二月号に『ジャガス』、三五年七月号に「罪」、そして三六年六月号に『響かぬ韻律―懐しい過去―』を発表している。「響かぬ韻律―懐しい過去―」は「生活の誕生」と同系列の身辺を描いた作品であった。

「響かぬ韻律―懐しい過去―」は、三つの異なる場面からなっている。一は、二十年近く離れていた郷土を同じくする友人を訪ねたこと、二は、同じ会社を一緒にやめた友人を訪ねたこと、その彼が亡くなり、友人たちが、弔問に訪れたこと、そしてその三は、妻との不和である。

作品は、そのように三つの別個の話を綴っていたが、一が金策のための訪問、二は死んだ友人の霊前に香典を包む工面すらできない状態にあること、そして三は、金欠病に陥った家庭といったように、それぞれが金にまつわる話になっていた。作品は、その三つの話を重ねることで、生活の窮乏ぶりを際だたせていくかたちをとっているが、金のない窮状を訴えたものではない。

作品は主人公安吉が郷友清川尊隆の事務所を訪ねるところから始まる。そこで安吉は清川に「実は先頃始めて、少し自信のあるものが出来たので、何処かで発表する機会さへ出来たら、いくらか認められはしまいかと考へてゐるんだが」という。それを聞いた清川は「雲を掴むやうなことを考へて、よく気長に悠然としてゐられるから偉い」といい、しかしとして「それが余り過ぎると、所謂いふドン・キホーテといふことになるんぢやないかね」と釘を刺す。

安吉は、清川が口にした「ドン・キホーテ」という言葉が頭から離れないばかりか、自分はまさしく彼の言う通りで「既に強固なる我が国資本主義政治経済の認識を全く持たず、現代の騎士を志して東京に」出てきたのをはじめとし「たゞ正しきもの、純真なものを求める心ばかりに逸つて」愚かなことを繰り返してきたと思う一方で、「人生の勝利は、ここより外にないのだ。自分は現実社会の劣敗者で終らうとも、人生に勝利を得たい。たとへドン・キホーテの愚かでも、理想の花園を希望んでこそ生甲斐はあるのだ」と思う。そしてさらに「若し自分が芸術の花壇と異る世界に踏み入つてゐたのなら、凡てのこの人生に於ける尊いものを見る目は失はれ、ひたすらに動物としての自己の生理的肉体の擁護にのみ終始してゐたゞらう。それは善良なる市民にはなり成り得る、否々善良なる市民は、人を愛し人に愛される心を持つ人でなければならない」といい、続けて「自分が文学に志したのもその為だつた。然し現代の世相は人を愛し人に愛されんとする意志とは相反発し、それを徹さんとすれば生活の安全は失はれて了ふ。それでこの道を歩いて来た自分は、賢い人の目には正しくドン・キホーテよりも愚かな騎士道の道化師だらう、然し過去の多くの尊い世界中の仕事は、生活を顧みず困苦と闘ひつゝ信ずる道に邁進した人々に依つて築かれたのではないか。さうだ、霊薬の香油は売つて儲け、名誉は利益に代へ、食物さへあれば拘束なく立食を欲する実利主義に捕はれることは、自分には堪えられないことだ。これからは、社会を見る目に霞がかかつたら努めて払い拭ひ、楡の木から梨の実を取らうとする愚を戒め、飽くまでも信念へ邁進するドン・キホーテの純粋な精神を失ふまい。そこには人に愛され人を愛し、そして何人をも傷つけないでいい人生の勝利と、また現実生活の可能とがある」はずだと考える。

安吉は、旧友に「ドン・キホーテ」に等しいと言われたことに反発するどころか、それをよしとし、むしろそれに徹しようと思う。そこに賭けようと思うし、文学を志す意味はそこにあると考える。そして、やっと作品が日の目をみるまでにこぎつける。しかし、それで生活が楽になる保証はない。妻の嘲罵は、ますますひどくなり、安吉は、歯をくいしばり、拳をかためてたえる。

作品は、安吉が「実は先頃始めて、少し自信のあるものが出来たので、何処かで発表する機会さへ出来たら、いくらか認められはしまいかと考へてゐるんだが」と郷友清川に言った言葉に始まり、その「清川をして、実際的能力の欠如をもどかしく思はした作品は、師事する先輩に一瞥を頼んであつたのだが、思ひがけなくも、それがある雑誌に推薦したと知らされた。これは、彼が一家族の飢餓を賭して生活的に全然目当てのつかない素志へ専念してから、恰度満十月になつていた」と、貧苦のなかで書き上げた作品がやっと雑誌に掲載される日も間近になったところまでを書いていた。「満十月」は「満十年」の単純な誤植だろうが、その間、ありとあらゆる生活の苦しみを味わったことで「現代社会に於ける遠い声や響かぬ音律、また隠れて見えぬ色調などの、幾何かでも聞き見る心の扉が開かれ」たばかりか、「人類自らの中にある響かぬ神の声を聞き、隠された悪魔の陥穽を見破る眼がいくらか開かれた」のではないかと思う。そして、生活を苦しめる悪魔をうつために、駿馬にまたがるドン・キホーテの幻を思い浮かべるところで作品は終わっていた。

自作の発表がやがて実現するまでの苦労を書いた作品は、芸術家として生きる心構えを強調したものとなっていた。

③「応急ならず」戦争への足音

「響かぬ音律―懐かしい過去―」が掲載された『三田文学』は、その「編集後記」で「寺崎君、宮城君、上林君、それに岡本かの子女子、丸岡君、丸井君、次の時代を約束される新人の力作である」と紹介していた。無名に等しかった宮城の作品「生活の誕生」を掲載した『三田文学』の評ということもあるが、宮城が、新人として認知されるようになっていたことは、「響かぬ音律―懐かしい過去―」の掲載された翌月の七月、最初の作品集『ホノルル』が刊行されたことにも現れていよう。毎年作品を発表してきた雑誌の評であるとはいえ、宮城にとって「次の時代を約束される新人」の一人に数えられたのは、なにものにも代え難い喜びであったに違いない。

「応急ならず」が『文芸』に発表されたのは一九三八年七月である。「響かぬ音律―懐かしい過去―」の続編をなすもので、生活が底をつくとともに妻の不満がいよいよ爆発したことから創作の筆を折り、職探しに懸命になるが、やっとのことで探しあてた職も、家庭の口を賄うほどの金にはならないので行かないことを決心した、といった筋になるものである。

「響かぬ音律―懐かしい過去―」の安吉、民子が「応急ならず」では平吉、正子に変わると同時に、前者では「ふと遙かの原で、黒熊の群のやうに学生達が銃剣を構へて突喊し合ふのが目に映つた。響かずとも犲狼の咆哮が、ウワアーウワアーと叫び、敵を屠り倒さうと殺気に燃えてゐる。その背後には世界に湧き沸つてゐるフアシヨの波が見える」といった程度でしか描かれていなかった社会情勢が、後者では「蘆溝橋に事件が勃発して、通州、天津の兵変が起り、北支、南支に大事が捲き起つて、街は昼夜応召兵を見送る万歳の声」に沸き返っているという状態になっていて、日中戦争が勃発、苛烈になっていく時期が背景になっていることがわかる。

平吉、正子一家の困窮が一段と深刻さを増していくのは、そのような時期であったこととも無関係ではなかった。

平吉は、正子の悪口雑言に堪えられず、職に就くため出身学校へ卒業証明書の発行を願い出る文書を書かなければならなくなったことから、郷土の学友たちのこと、そして上京して以後の暮らしを思い返す。

東京へ出てきた平吉は、「或る大雑誌の編集記者」になり、「毎日、天下の大学者、大思想家、人気作家等に、親しく遇ふ」ばかりでなく、「時には招聘された外国の学者や思想家などにも遇う機会」があったりしているうちに、かつての学友たちのように大学へいって講義を聴くのも今更と思われ、大学へ行かなくても「学生時代の終り頃から傾いてゐた作家志望」は、実現できると考える。

そこで八、九年勤めた職場を辞め「生死を賭した最後の気持ちで新しい一作を試みた」ところ、「その作品が、巧く日の光りを浴びることになった」と同時に「或る大新聞社の夕刊小説の新人登用に薦され、続いて、彼が十幾年来夢にも忘れなかつた彼の長く勤めた雑誌の創作欄へも名を連ね、志は半ば達せられた」と喜びに浸るが、その後病気で半年間、続いて「生活方策の旅行」に半年と過ごし、創作に打ち込む時間がなかったばかりか、「生活の確立」も難しくなり、正子に「ペンを投げ捨てない限り、如何なる相談も聞かん」と言われ、「遂に、二十年入れ上げて、やっと片手を触れ得た人生名利の月桂樹の枝から」「足首を捕られて引き下ろされ」てしまい、絶望的な気持ちになって、職を探し求める。そこで探しあてたのが「応急救済」の仕事であったが、それでは生活を救済できないことに思い至り、行くことをやめる決心をする。

「応急ならず」は、宮城が得意とした身辺小説である。妻とのいさかい、創作への意欲、子供たちへの愛情といった、これまでの作品と変わることのない出来事が取り上げられているが、そこには、これまで以上に、沸き立つ世相が描きこまれていた。出征兵士を送る光景や、友人の出征そして子供たちが歌う軍歌など、戦争へなだれ込んでいく様子が描かれていくとともに、そのような情況に和していく平吉の姿が描かれていた。

車窓から身を乗り出して、兵隊の列に「万歳」と声限りに叫び、「皆、元気で再び帰つて来るんだぞ！　誰一人死になんかするものか。しつかりやつて来てくれ！　支那四百余洲、隅々まで綺麗に平げて来るんだ！」と励まし、列をなして行く兵隊を見て、瞼を熱くする。熱狂が去り、我に返って席に座ると、周囲の人々が、極めて冷静であることに気づいて「この人達は平穏な生活を送つてゐるのだらう、それで出征の兵士へも冷淡ぢやなからうか」と考えるが、すぐに「いやさうぢやないのだ！」と先の考えを打ち消し「かういう人達こそ、黙々として日々の職務に忠実な銃後の勇士かも知れない、日本人は都会、農村の別なく、皆が、出来るだけ辛抱してゐるのだ、人口が国に溢れ、だのに行く土地のない日本！　世界の富の分け前を、片砕も与へられてないで苦しく生きてゐる日本！　その反対に世界には横暴な国があるのだ」と思いを新たにするとともに「今度の事変も、きつと政府は、その横暴を東洋から追つ払つて、民族の生きる道を得ようと、堪忍袋の緒を切つた訳だらう、その為めなら、弾丸の雨降る中に飛び込んで死んでも、少しも悔いることはないのだ！　さうだ！　兵隊達はそれをよく自覚してゐるのだ。それで彼等は、誰といふことなく、元気に充ち、眉宇に決心をひらめかし、勇んで行つたのだ。行け兵隊達！僅か四千万足らずの英国人と和蘭人に踏み躙られてゐる東洋九億の生霊の自由、と広大なる土地を取り戻してくれ！　すると日本は皆が立ち安くなり自分の生活もよくなるのだ」と国の方針を肯い、兵士たちに心を寄せていく。昂揚はさらず、さらに「英国の横暴」を憤る言葉を連ねていく。

「応急ならず」が、戦争に対する疑問を少なからず欠いていた作品であることは間違いない。創作に専念することを許さない生活の窮乏が、戦時体制による経済破綻によるとの認識をもちながらも戦争に反対しないのは、逆に、戦争によって「世界の富の分け前」に預かることができ「自分の生活もよくなる」と考えたことにある。それは、おそらく平吉だけでなく、当時の一般的な考えであったにちがいない。

「応急ならず」は、時代をよく映した作品だとして評価できる一面があるとはいえ、戦争に旗を振った作品になっていることを否定することはできないであろう。

9、小説から随想へ

①琉球への関心

宮城は一九三六年六月発表した「響かぬ韻律―懐かしい過去―」の後、翌三七年には「ホノルル移民局」そして三八年には「応急ならず」と一年に一作ずつしか小説を発表していない。それは、「響かぬ韻律―懐かしい過去―」や「応急ならず」に見られるように、金策に追われる生活のなかではなかなか机に向かう余裕がなかったということをそれとなく語っていたし、あと一つには、日中戦争の勃発というざわめく世情とも無関係ではなかったであろう。

小説の発表が少なくなっていった一九三七年九月には「浜木綿・まに・蘇鉄等」、一二月号には「琉球を巡る日支関係」を『改造』に発表、三八年三月号には「入学試験親馬鹿の記」、三九年九月号には「琉球風物鈔」といった随想類を、やはり『改造』に発表している。

随想は『改造』にだけ発表していたわけではない。三八年一二月号『短歌研究』に「万葉調の琉球地方」をはじめ三九年三月号に「恋歌から見た琉球の女性」、十一月号に「ヒロ市を憶ふ」を発表していた。

『改造』は言うまでもなく『短歌研究』も、かつて宮城が勤めていた改造社の出版物であったし、三九年一月「郷土部隊の戦線レポ」を発表した『大陸』も改造社が前年創刊したばかりの雑誌であった。

宮城は、そのように改造社が出していた諸雑誌に随想を発表していたが、その多くは郷里「琉球」と関わりのある話題が選ばれていた。

「浜木綿・まに・蘇鉄等」は、近所で、浜木綿、蘇鉄、マニ、ロカイ、アダン、ヘゴ、大谷渡り、シダ等を徳之島から運んできて商売している家を見つけ、そんなので商売になるのだろうかと心配するとともに、郷村の海岸砂地に自生していて馴染みであった浜木綿に関する私見をはじめ、蘇鉄が自生ではなく植えられたものであり、飢饉の際の救荒作物であり、澱粉をとって着物の糊として利用されるものであり、観賞用として珍重されるものでもあり、時にハブの住み家にもなるといったことにまで筆を伸ばしていた。そしてそれらの中でもマニは、特別で、その若葉を用いて、川エビをとって遊んだといったことなどを書いていた。

「琉球を続る日支関係史譚」は、琉球王国が、日中両属体制から日本へ帰属するまでの歩みを概観したもので、宮城はそこで「廃藩置県は、一般人民の奴隷解放だつた」と説いていた。

伊波普猷が「私は琉球処分は一種の奴隷解放と思つてゐる」と『琉球見聞録』の「序に代へて」で書いたのは、一九一四年（大正三）である。宮城は、勿論そのことを知っていたはずであり、それにならっての言い方であったに違いないが、論旨には大きな違いが見られた。

伊波の論は、島津の「植民政策」からの解放という大前提があったが、宮城のそれは「琉球の特権階級」からの解放という意味合いの強いものとなっていた。大きな違いは、しかしそこにあるのではなかった。伊波が「序に代へて」で、強調したのは、「奴隷解放」がなされたにも関わらず「大正三年の今日に至つてもなほ沖縄人は精神的には解放されてゐない」といい、「願くは沖縄青年の心から自己生存の為には金力や権力の前に容易く膝を屈して、全民族を犠牲に供して顧みないやうな奴隷根性を取去りたい。この根性を取去るでなければ、沖縄人は近き将来に於て今一度悲しむ可き運命―奴隷的生活―に陥るであらう。而してこれに次ぐものは社会の滅亡である。世に社会の滅亡ほど悲しむべきものはない」というように、沖縄の人々の奮起を促さんとしたところにあったが、宮城の論は、そうではなかった。

宮城は、「琉球人が、異人種みたいに、今につけて思はれてゐるのは」薩摩の政策によるものであり、特権階級がいかに中国を崇拝しようとも「いろは三十六文字を始め言語の支那に属するもの殆ど無く、着物、髪、穿物、等も勿論、殊に、神道に深い根を下した凡ての習俗は、大和民族ををいて他に無い」と、沖縄と本土との同一性を強調し、「然るに、この血を同じくする同一の民族であり乍ら、その支那心酔からなかなか醒めさすには容易」でなかったため、維新政府はやむなく「武威」をもって王国を解体し、琉球の特権階級の不満を抑えたが、彼等が反抗したのは「必ずしも自分の特殊保持ばかりの為めではなくて、口舌、文辞に巧みな支那のやり方が、不思議にも人を惹きつけ、嘘でも真実に思わすのに依るのではないか」といい、最後に「この拙文の結びとして、今度の支那事変に於ける琉球に関する巧みな支那の虚構な宣伝を例証し度かつたが、紙数が尽きたので略す」と締めていた。

宮城の論は、「奴隷解放」論が、いつの間にか中国を糾弾する論になってしまっていたといっていいもので、日中戦争の影響が色濃く現れた一文であった。

②万葉調の鼓吹

一九三七年沖縄の風物と沖縄の歴史についての随想を発表した宮城は、翌三八年には「入学試験親馬鹿の記」と「万葉調の琉球北方」を発表。前者では、長男の中学受験を前にした親の落ち着かない気持ちを吐露し、後者では、琉球文化論とでもいうべきものを開陳していた。

宮城の琉球文化論は、宮城自身が「極大ざつぱの区別」だがとして断っているように、「琉球の南半は首里那覇の近世文化に倣ひ、随つて、古代調が希薄になり、遠隔不便な薩摩に近い大島列島に接する北部山岳地方に最も古代的色彩の源形を失はずに保つてゐるやうに思われる」というもので、「古代的色彩の源形」の有無といった見地からなされたものであった。

宮城は、琉球の文化を南部文化圏と北部文化圏とに分けることからはじめ、南部圏で発達した琉球の伝統的な芸能や表現を取り上げていくが、「東京などで琉球として紹介される舞踊や戯曲歌謡などは、私は全く取るに足らぬ研究の余地ない低調なものと思つてゐる」と断定する。そしてその例を「日本文化会館で催された琉球舞踊など」に取り、「執心鐘入といふ道成寺の焼直しを見れば分る、模倣は模倣に終つて、演者そのものの深さも、本土や支那の広い洗練にはかなはないのが当然である」と組踊およびその役者を批判し、次に「琉球の所謂人々のいふ歌は、八八八六の調を踏んでゐるが、狭い土地での外からの文化の模倣だから芸術的の見るべきものがないと云つてもいい。例へば、春は野も山も百合の花盛かり、行きしゆる袖の匂ひのしほらしや、といふ琉歌があるが、それが古今集の亜流以下でもないことは、本誌の読者などにはすぐ看破出来ることだらう、一般に琉球の歌と人々が思つてゐるのは八八八六の短歌だが、これは殆ど凡てが技巧模倣の概念的な琉球の細い近代文明に生まれてゐるのだから、芸術として認られるものはないのである」と琉歌の批判に及ぶ。

組踊が、中国からの使者を歓待するために創始された芸能であること、そして大和の芸能の影響が濃厚なこと、同じく琉歌が和歌と関係が深いこと等、すでに先人たちによって指摘されていたことだが、宮城は、それらを模倣にすぎないとして、研究する価値のないものであり、芸術として認めがたいと一蹴するのである。

宮城のそのような琉球文化論は、「八九年の改造記者時代やその後の文壇関係などを通じて、日本の殆ど総ての知識人が琉球に対して全く実際と異つた観念を持つてゐるのではなからうかと思はれる言葉の数々に接して来た」といった体験を発条にしたものであり、「琉球に生まれた自分は、多少作品を発表するやうになつたので、いろいろの意味から、真実の琉球の姿を書き度い希望を持つやうになつた」というやむにやまれぬ思いから出て来たものであった。

宮城が、日本の知識人は「実際と異つた観念を持つて」いるのではないかと感じたのは、組踊や琉歌のような「模倣」「亜流」になる南部文化圏のものを、琉球の伝統的な文化だと思いこんでいるのではないかと見たことによる。そこで宮城は、「苟も琉球を調べ知らうとする者は、民族の遠い昔の移動、そしてその民族の祖先の心、血液の脾打つて流れゐる姿でなければならない」といい、北部圏の文化に目を向けさせようとした。

宮城は、「琉球北方」に残る習俗や言語、衣装などを取り上げて、いかに古代を彷彿とさせるものが残っているかを例示していくが、それはとりもなおさず、日本の知識人に、「本土と支那の模倣に発した所謂琉球文化」ではなく、「万葉人の現存する生活」が脈打つ琉球北部の文化こそ琉球文化なのだということを認知させたいがためであった。

宮城が、北部圏を強調しようとしたのは、他でもなく、琉球人が「万葉人」と同じく日本人以外の何者でもないということを、日本の知識人に知って欲しいと思っていたからにほかならない。

③琉歌、風物、ハワイ、戦争

一九三九年には、「恋歌から見た琉球の女性」「琉球風物詩」「ヒロ市を憶ふ」「郷土部隊の戦線ルポ」といった随想類を、宮城は発表していた。

「恋歌から見た琉球の女性」は、本来なら「おもろ（琉球の最も古い詩文書）や神事に神人の歌ふくわゐなや八重山やその他の琉球の地方地方の詩歌などに依つて、上代上級女性の自然感情を究むることが最も価値あり愉快なことで、そしてそれ等は芸術的の価値にも富む」はずだとしながら、その領域の専門でもなく、またその紙幅もないので「ここでは、後代文化の輸入されて後、といふより恰度素朴自然と、文化の潮流が混交する過度期の琉球女性を懐古し紹介し度い」として、琉歌をとりあげていた。

宮城は、そこでも「琉歌に見る可きもの」はないといい、「琉歌は、音曲に劣ること遙かの下で、音律に圧倒され、芸術的気魄を少しも考へられてなく、概念的の機智や幼稚な表現と低調の感情が盛られてあるばかりである」と、先に発表した「万葉調の琉球北方」で展開した琉歌論を繰り返しているが、しかし「幾らかの価値を認めるものが」ないわけではないとして、沖縄の代表的な女流歌人として知られる恩納なべや吉屋思鶴等の歌をとりあげていた。

宮城は、恩納の歌について「奔放で、大きな感じがあり、非常にせゝこましく八釜しかつた琉球の圧政政治の中でも、自然の心を相当生かして歌格も高いやうに思はれる」といい、吉屋の歌については「その場の機智だけで、芸術としての歌には遠く、寧ろ、極短い戯曲の場面を見せられるやうなものばかりである」という。宮城が、恩納を評価し、吉屋をとらないのは、宮城自身が表白している通り、古今調より万葉調をよしとする「鑑賞眼」によるのだが、それは必ずしも宮城の「鑑賞眼」であったわけではなく、時代の眼でもあった。万事が万葉調でなければ受け入れられない時代になっていたからである。

宮城は、話題のまとめというかたちで「恋歌、所謂琉球の八八八六の琉球恋歌を通して琉球女性は、近代和文の伝来に影響され人の感情も全く和風に描かれ、さう特別の感を持たさない。たゞ然し、非常にセンチメンタルの感情が強い、惜別恋この弱い気持が強いのだが、これもやはり島国、気候風土と関係があるのだらう」としていた。

「恋歌から見た琉球の女性」は、琉球の女流歌人の恋歌を取りあげ解説したもので、これまで発表してきた一連の琉歌論とそう異なるものではないが、歌が「環境」と関係しているのではないかという仮説に、新しい見方が出ていたといえばいえた。

「琉球風物詩」は、その小見出しになっている「山原船」「サバニ」「ガジマル」「アダン」「梯梧」にちなんだ想い出を綴ったものである。

山原船は、子供たちに「詩と夢の喜びを与へてくれた」し、サバニは「潜ぐりの世界一を誇る」糸満漁師のことを思い起こさせる。そして「象を感じさせる」梯梧、「南国的存在の」榕樹、「琉球の熱帯調の最も代表とすべき」アダン、さらには「植物の両生類と云つた」ヒルギといったように、次々と沖縄の風景を彩る樹木を取り上げ、郷愁のありったけを吐きだしていったものであった。

宮城は、ガジマルに触れて「詩人達は、あの仙人の髭のやうな気根に詩を詠み歌を詠むであらうが、琉球を訪ねた人々の文にそれが見えないのは、琉球が温帯になつてガジマルが住み難く姿を隠したのでないかと何かしら心にかゝるものがある」と書いていたが、それは杞憂というものであった。

陽が落ちれば
榕樹の蔭に来て　布を売る老婆たちの声も静まる。
水いろの黒だまの木綿のやうに
深い夜がやつて来るとき、
さうさうと、過ぎてゆくものに
私は声もなく　佇つてゐる。
（布町にて）

宮城の「琉球風物詩」が発表された翌四〇年の『改造』七月号に発表された一篇だが、そこには榕樹だけでなく、宮城があげていた梯梧やアダンも次のように歌われていた。

夜が来て　蛇皮線の音のきこえるとき、
梯梧の花の一ひらや　泡盛一盞、
狂気のかげにかくれる旅愁、
つと立つて　再び見る　月の漣。　(那覇にて)

断崖のうへに立つてゐる白い墓は
あはい陽ざしに　白さが却つて美しい。
阿檀のかげに　見えかくれする子供たち。
墓の静謐や　セルリアン・ブリューの海の光や、
エラブの蛇や
風葬の谷間を覗いて　さみしむ心を
子供たちの温かい美しさが　やさしくする。
子供たち、再びは会わぬであらう子供たち。
私も捕虫網を手にして
茂みをさまよふ少年のやうにならう。　(久高島にて)

中山省三郎の「沖縄詩鈔」七編のなかに見えるものである。

沖縄を旅したものの眼に映じたのはまさに宮城が気にしていたガジマルであり、梯梧であり阿檀であった。ガジマルに関していえば、一九三六年八月号『改造』に掲載された阿部金剛の「琉球記」のなかに「月明の夜、私は度々かなしと連れ立って墓の間を散歩した。竜舌蘭や、榕樹の枝が南海の月を浴びて絵の様に美しい」といったのがあった。

宮城が、琉球を訪れる人たちの詩文に、ガジマルについての記載がないことを嘆いたのは、中山の詩篇、阿部の随想等の例からわかるように当を得てないが、そのような指摘よりむしろ、そこに宮城の郷愁の深さを見るほうがいいだろう。宮城にすれば、琉球紀行にはかならずガジマルの記述がなければだめだというほどにガジマルに寄せる思いが強かったのである。

ガジマルに対する強い思い入れは宮城にだけ見られるものではない。宮城と同じく改造社に勤め、一九三四年六月『文学界』復活号第一巻第一号に横光利一の推薦で鮮烈な登場をした與儀正昌の作品「榕樹」は、題名もさることながら、そこには「僕は断腸の思ひをせずに母を想ひ起すことは出来ない。それに関連して浮ぶのは自分の幼い頃の記憶である。琉球特有の緑滴る榕樹の老木に囲まれて、母の家はだだつ広い屋敷の隅つこにぽつと小さく建てられてゐた。母が好きであり、そこの榕樹に登つて海を見ながら唱歌を歌ふことの好きであつた僕は、父の家を抜け出すと毎日そこで遊んだ」というように、母にまつわる思い出のなかに榕樹が登場していたし、さらには初恋の思い出を語っている場面にも登場していた。

沖縄を離れていたものに榕樹は特別な存在としてあった。それが宮城にはとりわけ懐かしいものとしてあったのである。

「ヒロ市を懐ふ」は、改造社の社長山本実彦がアメリカからヨーロッパに行く途中ホノルルとヒロに寄るということを聞いて、短歌や俳句に理解のある山本のヒロ訪問は、銀雨社同人を喜ばすに違いないと想像しながら、かつて自分がヒロに遊び、銀雨社同人に歓待されたことがあるのを思い出して書かれたものである。

宮城にとってヒロは特別な地であった。それは、ヒロが美しい所であったということもある。「広と云へば誰でも椰子島公園、コヽナツアイランドを真先に想ふであらう。我が同胞が開き作った公園か、否そここそは天然自然の楽土、余りに能ない形容だが、やはり夢の景色といふより言葉はない美しさだ。青い海や空と島の岸や磯の曲折、高く天を冲するコヽナツ、そして弦月湾の月名に相応しい湾、何かしら物思ひに沈んでゐる感じがする。天然乍ら技巧をこらしたやうな柔和な風景は、遙かに悠久を物語るようなマウナケア（一万四千尺余）の弓なりの弧を描いた紫藍の山姿が背景を作り、遊子の心を剔るのである」といった文章、さらにハヲウラニプレース、レインボーフオールそしてキラウエア火山について触れている文章から、宮城がいかにヒロの自然に心を惹かれていたかがわかるが、「如何に美しい風景も、知己なく不安の中に歩いては、たゞ寂寥孤独の感を呼び起す」だけだと書いているように、ヒロには、宮城の「知己」というだけではすまない「知己」がいた。

「ヒロ市を懐ふ」が『ホノルル』に収録されなかったのは当然だが、『ハワイ』に収録されなかったのはどうしてだろう。

考えられる理由の一つには、他の島に関して書いた文章よりすでに多くのヒロについての文章が収録されていた、というバランスの問題、あとの一つには、改造社社長山本実彦にいささか媚びたかたちになっていたといったことなどがあったのではなかろうか。

「郷土部隊の戦線レポ」は、杭州湾上陸と武漢攻略での武勇伝として伝えられる出来事を書いたもので、前者には「クリーク底より弾丸を拾つた糸満兵」、後者には「指笛と突撃」の小見出しが見られる。

「クリーク底より弾丸を拾つた糸満兵」は、その見出しからわかる通り、弾丸を運ぶためクリークを渡ろうとした舟艇が、敵の砲撃で沈んでしまい、絶望的な情況になったと思われた時、弾丸の入った行李を背にして浮かびあがったばかりでなく、その行李を岸に上げるやいなや再び飛び込んでやがてまた別の行李を背にして現れ、兵士たちを感涙させた者がいたという話である。

「指笛と突撃」は、突撃のたびに声を張り上げたため、声が出なくなって進撃の威勢が衰えたかに見えた時、指笛が鳴り、それに呼応して四方で吹き鳴らされ、勇気百倍、敵の陣地を奪い取ることができた、といったことを書いたものであった。

「クリーク」の話は糸満出身の兵士の物語であるが、「指笛」は「或る地方の一郷土兵」が思わずやったとあるだけで、彼の出身地を明らかにしていない。しかし「村祭りの行事に行はれる綱曳に、敵方に押し寄せる威勢を呼び起す」ものと説明しているところからすると、これもまた沖縄出身兵士の物語として書かれていたのではないかと思われる。

沖縄出身兵士たちは、そのほとんどが九州で結成された第六師団に属し、中国戦線に参加していた。宮城が、ことさらに沖縄出身兵士たちの武勇伝を書こうとしたのは、沖縄も日本国の一員として、身命を賭して闘っているのだと云うことを示したかったからに違いない。

「郷土部隊の戦線ルポ」をみると、宮城もまた、同時代の多くの表現者たちと同様、戦争に飲み込まれていったことがよくわかる。しかし、彼等のように翼賛的な文章をそう多く書いたようには見えない。それは、生活の糧を求めるために、就職活動に懸命になっていたといったことや、再び、雑誌記者として、原稿取りの生活に戻ったことで筆を取る時間を奪われていたといったことなどによるのではないか。

一九四〇年には、『短歌研究』三月号に「十年」を発表。宮城は、それを「最近の自分は、見るもの聞くもの総てが、十年間を一足跳びにしてゐる」と書き出していた。そして「昔の仕事に帰り新参の立場から見る十年一足跳びの東京には、心が痛み潰れるやうな感懐もあれば、人生的興味のしみじみと湧き出ることばかりと云ってもいい位」であるといい、創作に専念するため辞めた雑誌編集の仕事に十年ぶりに戻り、かつて原稿とりに通った寄稿家たちをたずねたことなどを回想していた。

宮城は、そこで「相当長い作品を書いて見たい衝動に駆られる」とも書いていた。一九四一年以降、『改造』および改造社が刊行していた雑誌への発表も少なくなっていたことからすると、「長い作品」どころか短い随想を書く時間もけずり「帰り新参」として懸命に勤めたように見える。

宮城は「文学と私　連載第18回」の中で、『国民新聞』が企画した新進作家コンクールで太宰治、上林暁、大田洋子等とともに指名を受けた時、「自分は、しのぎを削る競争者に交って、文壇ダービーのスタート線に立っていて、号砲と共にスタートするのだ、というような気負いを心底に持つようになっていた」と書いていた。そして「太平洋戦争が始った頃までは、いくらか物を書くという可能性があったように覚えている」が、「その頃から雑誌は急に痩せはじめ、昭和十九年頃になると殆ど雑誌類は、用紙不足、人手不足、あらゆる物資が欠乏」していったこともあって「わたしの心の底深く思っていた文壇ダービースタート線は、いつの間にか形を消してしまった。そうして敗戦に深くのめり込んで行く日本の右往左往の中を彷徨っていたのだ」と、無念の思いを吐露していた。

『国民新聞』が「新進作家三十一氏を動員　短編小説コンクール　愈〻明日紙上より学芸欄に

掲載」と発表したのは一九三九年一月二〇日。大田洋子、菊岡久利、伊藤整、小田嶽夫、上林暁、太宰治、丸岡明、葉山嘉樹、新田潤、久坂栄二郎、本庄睦夫、大江賢次、豊田三郎らに交じって、宮城は一三番目に登場、その作品「お店長屋」が掲載されたのは二月二一、二二日であった。

一九三四年『東京日々新聞』に里見弴の推薦で作品を発表、一九三九年『国民新聞』の新進作家コンクールに選ばれ「文壇ダービーのスタート線に立って」いると気負い立ち、そして太平洋戦争が勃発する前年一九四〇年発表した「十年」までの七年間、宮城が発表した作品は、決して多いとはいえないだろう。しかし、彼が夢みた作家になって作品を発表するという夢が現実のものになっていたことだけは間違いない。

第二部　戦後編

1、『生活の誕生』出版

①戦前期の作品

『生活の誕生』が刊行されたのは、一九四六年一月二五日である。敗戦後、いち早く刊行された著作集に収録された作品は、表題になった「生活の誕生」をはじめ「樫の芽生え」「応急ならず」「妻の褌」「隔世」の五編で、「隔世」を除く四編は戦前に執筆されたものである。そのうち「妻の褌」は、未発表のままになっていたのを収録していた。

一九四一年一一月に執筆されながら発表されなかった「妻の褌」は、「生活の誕生」の系列をなす身辺小説で、再就職した夫秋山謙介と保険の外交の仕事についた妻文恵との生活を描いていた。

「妻の褌」という表題は、文恵が、彼女の仕事相手に「君の夫など幸せ者だ、寝そべつて妻の褌で角力をとるんだから」と言われた言葉から取られたもので、作品は、「妻の褌で角力をとる」といわれた謙介が「雑誌記者の帰り新参」として働きに出たにも関わらず、会社の雰囲気になじめず退社し「妻の褌で角力」を取る覚悟をするまでを書いたもので、二つの出来事を柱にしていた。

その一つは、雑誌記者たちとの関係である。

主人公秋山謙介は、仲間たちに煙たがられている。以前勤めていた出版社で、中間読み物の推薦をしたりして面倒をみたこともある野梨が「女房は働くし衆評は使つてくれる。秋山君は有卦に入つたよ、だが作家として没落したのは有難い。秋山君に流行られたら、僕なども書かれただらうからな」と嫌みを言われたり、「秋山君は出鼻がよかつたので、そのまゝ押切られては大変だと思つてゐたが、幸に没落したので、われわれは安心したよ、だが秋山君も偉くなつたね、衆評の編集に加へて貰つて、二十も年の違ふ連中の仲間入りが出来て、あちこち原稿依頼を歩き廻るんだからな、下山君、もう秋山君など行く所もないし昔の情で長く使つてやり給へ」と皮肉られるばかりか、その野梨が呼びかけていた「下山君」にも「秋山さんも威勢よく出たんだがな、だが秋山君の作品は言葉がごつごつして、あれは欠点だね、僕は沢山は読まないが、あの地の利は得られずとか云つたのはちよつとはよかつたな、さうだッ！ 僕は秋山君にはモデルにされて、東西の大新聞に酷い悪役を買はされたことがあつたな、何に？ そんなこと位何でもないが、秋山君あれは悪作だつたな」といった恨み言をいわれるように、仲間たちにとってあまり有難くない存在であった。

謙介は、そのような彼個人に向けられる嫌みとは別に、編集者たちとの間で、作品の採用をめぐる問題から作品にたいする評価にいたるまで大きな違いがあって、ことごとく腹立たしい思いをさせられる。

作品は、「雑誌記者の帰り新参となった」謙介が「付和、雷同、阿諛、迎合、卑屈、嫉妬、虎威感情、我利私欲、裏切、圧制、有ゆる悪徳が押し合ひへし合ひ、息詰まるやうに詰つてゐるのが判然と見える」会社で、孤立している姿を描いていたが、その「帰り新参」者の懊悩する姿とは別に、あと一つ大きな柱があった。外国にいる親戚や知人からの多大な援助に関する件である。しかもそれは一件だけではなかった。

そのうちの一件は、ブラジルに渡って一八年になる従甥から、拝借した金の二〇倍にもして返済したいと思ったのだが、として送られてきた八百円。二件目は、ハワイで「頒布する出版物の作成を依頼する為」にやってきたハワイの知人から、手間賃として渡された千円。三件目は、「長い内助の労に酬いるには、君が立派な作品を世に送る外はないと思ふ。是非、せかずにいい作品を書いてくれ！　だが、せかずと云つた所で、祖国は、五年を既に戦つて、銃後生活の変転激甚は、国策型子沢山の君に落付いてペンを持つ裕りを与へないではなからうか、ここの友達も、集まれば時々その君の噂をする。先頃から何か君の仕事を援ける法はないかと思つてゐたが、最近再渡航して来た人の話に、日本では婦人子供服の洋裁がいい収入になると聞いたので、君の長期戦の新兵器として、Kホテルを通してミシン一台送った」というハワイの友人からの贈り物。四件目は、アルゼンチンで洗濯屋として成功している友人から送られてきた手紙と金で、その友人は、手紙のなかで、君のことを考えないという日はなく、ハワイに行ったことは随筆、小説を通して知っているが、「この二三年全く君の姿に接しなくなつたのが心にかかる、あの樫は芽生えぬの大勢の子供達は、今は立派な若木に成長してゐることだらう」といい、「S銀行を通して邦貨五千円送つた。作家は世の荒波の中で正しく強く地の声として清く聳え立たねばならぬと思ふ」、「君が志を伸すにこの金が多少でも力になれば幸である」として励ましとともに送られてきた大金といつたように、あと一つの柱には、海外からの援助に関する話があった。

海外の移民たちが、故郷沖縄に送金した金が、いかに沖縄の経済を支えたかについてはよく知られていることであるが、謙介もまた、そのような人々に後押しされていたのである。

作品は、会社における孤立と海外同胞からの支援をないあわせるようにして書かれていた。それは、日本社会と沖縄社会との差異を示そうと意図したわけではないにしても、自ずからそのような感じを誘い出すものとなっていた。

「妻の褌」の背景をなしているのは、「小谷氏の内外大観の青春男女といふのを見て、小谷氏をすつかり軽蔑した。あんな若い男女の汚いみだらなことをこの時局に書くとは何たる認識不足だ、作者も雑誌も葬り去つても飽き足りない汚いみにくいものだ、よく内務省が発売禁止をしないのが癪だよ、このあひだ、翼賛会ではこつぴどくやつつけて置いたが」といった言葉や、「文明の川口海男の小英雄もやつつけやうぢやないか、あんな非戦論を撒き散らしたものを翼賛会や情報局でよく何とも云はないで出さしめてゐるが、一つ葬つてやらうぢやないですか」といったような言葉が、雑誌の編集者間で交わされるような「左翼から百八十度、右翼に転向」する「便状主義者」たちが跋扈しはじめた世相であった。

秋山謙介は、そのような「便状主義者」たちの中にいたら、「真実の人生を失つて了ふ」と思って、会社を止めてしまうのである。

「妻の褌」は、執筆当初のまま、変更なしで、作品集に収録されているのだろうか。創作集の刊行が四六年であったことからすると、四一年当時のままで収録されたとは考えにくい。宮城が「郷土部隊戦線ルポ」のようなのを書いていたことからしてもそうだが、しかし発表してなかったということを考えると、大筋では、大きな変更はなかったといえるかもしれない。

「妻の褌」は、これまで発表されてきた身辺小説同様、宮城の実生活と強いつながりが認められるものであった。

それは、先に引いた野梨の「没落した」という言葉が、「応急ならず」以後、宮城にこれといった作品がないことを揶揄して放たれたものであり、下山が、「悪役を買はされた」といい、「悪作」だと一蹴した作品が、宮城の文壇への第一歩を印した「故郷は地球」に他ならないからである。

「故郷は地球」は、『生活の誕生』に収録されていい作品であった。それが外されたのは、「本にしないと云つて了解を求めた」ことにあったことが分かる。そこでも「貴方は本にしないと云つたが、やつたつて僕は構はんよ」という下山の言葉を受けて、野梨が「ふん！　本に出すつたて、友人の悪口小説何処が引受けるもんか、自費出版をするには、金と力はなかりけりでね？　ことに愚作ぢやね？」という応答がなされていて、主人公を愚弄する場面が見られた。宮城は、その後に「謙介は、流石に怒りが込み上げた」と、書いていた。

宮城が、戦後いち早く『生活の誕生』を刊行したのは、その「怒り」が力になったと言えないこともない。そして、宮城の律儀さは、創作集の出版に関して、下山との約束を守って新進作家の登場と目された「故郷は地球」を収録することがなかったところによく現れている。

②敗戦直後の作品

一九四六年八月に執筆された「隔世」は、「まへがき」「妻への書」「城南大学総長K先生への手紙」からなっている。「隔世」について、宮城は「あとがき」で「隔世の夏野平吉は、今日の自分の境遇で、今小説など書く気力がない、むりに書いたもので、つづいて龍男への書、S先生へ、同胞へ、などゝ書くつもりだつた」と述べているように、完結したものではないが、宮城の敗戦直後の「境遇」を知るには、それだけで充分だともいえるものである。

「打ちのめされて、呪はれて、助からない、永久に幸福と光を失つた」と「隔世」の「まえがき」ははじめている。そして「もはや、この世にのぞみがない。助からない、といふ気持が、既に、二年以上の月日を過ぎた」と、敗戦後の絶望的な気持ちを表白するとともに、書けるものなら、何でもいいから書き付けておこうと、気持ちを奮い立たせる。そして書いたのが「妻への書」

「城南大学総長K先生への手紙」であった。

「妻への書」は、日付を空白にした「　月　日」を最後に付して区切りをつける日記の形にしたもので、四つの「　月　日」に分けられて、二人の子供を失ったことの悲しみを記すことからはじめ、次の「　月　日」には「感謝といふことについて」「自慢たらたらといふ問題について」「軽薄について」「雅量といふこと」といった四点を上げ、それぞれについての私見を述べ、その次の「　月　日」には、死んだ子供たちのこと、その子供たちの写真を内ポケットからすったスリに関すること、最後の「　月　日」には、耳にした沖縄の激しい変貌の様や、新しい時代が到来したことについて述べていた。

「妻への書」は、日記の体裁をとって、戦後の動乱を受け止め、新しい生活の誕生をめざして歩みだす決意を述べたものであったが、その全体を貫いているのは、旧特権階級に対する憤怒であった。

『生活の誕生』の最後に置かれている「城南大学総長K先生への手紙」は、表題に見られる通り、「城南大学総長」へ送った手紙の形式をとって書かれたものである。「城南大学総長」が誰であるかは「お校を背景とする城南文学に、拙文を時折発表させて下さつた縁故」とある箇所からわかるように、宮城が「生活の誕生」「ジャガス」「罪」「響かぬ韻律」等を発表した『三田文学』を発行していた慶応大学の総長・小泉信三その人であるが、宮城が、小泉あてに手紙を送ったのは、「一人息子を戦争に奪はれた」小泉の心境を知りたいという思いにかられてのものであった。そのような思いにかられたのは、宮城が二人の子供を失ったことにある。

手紙が、実際に出されたのかどうかはわからない。わかることは、二人の子供を失った悲しみの思いの丈を述べるために、最適の人として外の誰でもない小泉信三が選ばれていたということである。

宮城は、一九五四年二月五日から『沖縄タイムス』に連載小説を掲載していくにあたって、「昭和十九年以来一時ペンをおいたが、同二十六年再出発」したと「作者の言葉」で述べていた。それは、一九四一年一一月に執筆した未発表作品「妻の褌」以後に書かれた作品があるということを語っていた。今判っている限りで言えば、一九四二年（康徳九年）二月号『満州経済』に発表した「ハワイの全貌」以後四四年までの作品については不明であり、今後の調査を必要とするが、宮城が「再出発」を五一年としているのはどういうことなのだろうか。

宮城は、「隔世」を一九四六年八月に執筆したと記載していた。そしてそれが、戦後間もない時期に書かれていたことは間違いないのである。

宮城は、「隔世」を書いたことを忘れていたのだろうか。忘れていたとは思えないが、いずれにせよ四四年から五一年まで「ペンをおいた」と記しているのは一考を要するであろう。

一九四七年四月一日付け『自由沖縄』の「珊瑚礁」欄は、『生活の誕生』が刊行されたことに触れて、「宮城さんの代表的な作品がすべて収録されてゐるので、作家としての、また人間としての宮城さんを知るうえに極めて大切な本である」といい、「宮城さんに対するわれわれ志を同じくする若い世代の期待は大きく、氏を慕ふ気持も通り一ぺんのものではない」とし、宮城の「誠実」さを指摘し、現今流行の「文化人」からすると「貧乏小説」などそっぽをむかれるにちがいなく、時代は確かに移り変わっていくと思われるがと、前置きしたあとで「終戦後に書かれた宮城さんの数少ない作品から受ける感じは、何かしら大事なものが抜けてゐるといふ物足りない印象を受ける。分つてゐるが掴みどころのないもの、『樫の芽生え』や『応急ならず』にみなぎつてゐたあの強烈な作家魂。／ちかごろはやりの勢いのよい民主主義を云々することは、作家にとつて無用のことと思はれる。作家の腕は如何に現実を具象化するかにあるのだから、血肉を持たぬ小説は変に白々しく、心をうつものがない。困窮の間にかかれた宮城さんの古い小説と終戦後のものと比較してよんでゐるうちに、私はふと山之口ばくの『座布団』の詩を思ひだした。／宮城さんはこの頃あたたかい座布団の上に楽々とあぐらをかいてをられるのではないか」と述べていた。

この評が取り上げている「終戦後に書かれた宮城さんの数少ない作品」というのが、「隔世」を指していたことは間違いない。宮城は、『自由沖縄』を刊行している沖縄人連盟の一員であったことからして、この評を読んだに違いないが、その厳しい言葉が、宮城に与えた衝撃は決して小さくなかったはずである。

宮城が、「隔世」以後、しばらくペンを置いたのは間違いない。しかしそれは、『自由沖縄』に掲載された評に衝撃を受けたことだけによるのではないだろう。評者も触れていたが、戦後の文壇は、大きく変化していた。

第一次戦後派と呼ばれるようになる作家たちの登場は、日本の文学を大きく変えていく。身辺小説、とりわけ「貧乏小説」は、全く姿を消してしまったというわけではないにしても、もはや、それは過去の遺物としてしか見られなくなっていた。身辺小説どころか、心情をぶちまけただけに見える「隔世」は、戦後小説と大きく異なるものであった。

宮城が、五一年まで「ペンをおいた」というのは、身辺小説と訣別し、再出発したのが五一年以後であったということを暗にさしていたようにもとれる。

2、戦後の出発

比嘉春潮は「年月とともに」の最後に、「紙面があるのでちょっと書きたいことがある」として仲吉良光と宮城聡について触れていた。比嘉は、宮城について「戦争初期、『ハワイ』という作品集を柳瀬正夢の装丁で改造社から出し、戦争直後は、自ら『文生社』を経営し、石坂洋次郎や林芙美子の作品集を出版し、また自選創作集『生活の誕生』を出した。しかし彼は作家であって出版屋ではなかった。間もなくやめて沖縄に帰った。彼はいま作家としては声をひそめているが、私は彼が現時の沖縄を見つめて想を練っていると信じ、その作のあらわれることを期待している」と述べていた。

比嘉の話から、宮城が、戦後出版社を経営し、自作の作品集や当時の流行作家たちの作品集を出していたこと、出版社を廃業し沖縄に帰ったこと、そして「いま作家としては声をひそめている」といったことがわかる。

「年月とともに」が、一九六四年に口述筆記されていることからすると、比嘉は、宮城が「東京の沖縄」や「故郷は地球」を『沖縄タイムス』に連載していたのを失念していたのではないかとも思われる。しかし、比嘉のいう「いま」が、敗戦後から五〇年前後までを指していたとすれば、それはまさにそのとおりであったといっていい。

戦後、宮城の創作が発表されるのは、一九五四年になってからである。

宮城は、その前年の一九五三年一〇月、本名の宮城久輝で『空手道』を日月社から刊行していた。作家宮城聡が、空手の本を出しているのは驚きであるが、彼が、その道にも通じていたことは船越義珍が「序文」を寄せていたことでもわかる。船越（冨名腰）には『琉球拳法　唐手』、『錬膽

護身　唐手術』、『空手道教範』などの著書があるだけでなく、空手道の第一人者として知られていた大家であるが、その「序文」に「長い年月空手道に熱意をそそいで来た宮城君によって書かれた本書は、空手道の全貌をよく述べ尽してある。空手の理論と実際を解明するのはなかなか難かしいことだが、これを誰にでも分るように明快に説き明かし、全く空手を知らない人でも、一読すれば立派な空手人にするであろう」と、本の優れていることをまず述べ、そのあとに「新沖縄の学徒間に空手道が絢爛と開花し、その中心をなしていた沖縄師範の空手指導に私が任じられた時は、私の同門の雄、屋部教官と糸洲名人の薫陶を受けた宮城君は業を卒えたばかりであったが、私が松濤館を小石川に開設するに及んで、彼は時に折りに訪ね来て此道への熱意を示し親交するところがあり、殊に昭和十年四月号改造誌上に、柔道の加納師範についで空手道の所論を求められた時は、彼はわが事のように毎日訪ね来て激励を惜しまなかった。古い門弟と云っていい仲である」と書いていた。

理論篇、鍛練篇、型篇、随想篇で構成された宮城の『空手道』が、入門書として優れた一書であったことは、五五年には版を重ねるとともに「空手道の故郷、即ち私の郷県沖縄で、この本が検討された結果、小中高の全県の学校へ推薦されている」ということからも明らかだし、彼が、よく空手に通じていたことは、同書のなかに見られる、関東大震災のころ、壮漢に因縁をつけられ「無惨な乱暴に遭遇した」同僚をかばうため矢面に立ち、喧嘩自慢の相手を一瞬にして倒したという、エピソードに現れている。

比嘉は、宮城が出した『空手道』のことを知らなかったはずはない。比嘉が、それについて触れてないのは、宮城の本業とはいえないものであったことによるかと思われるが、宮城もまた、『空手道』について何も触れていない。版を重ねるほどに人気のあった本に触れようとしなかったのは、創作とは異なる著作であったことによるとしか思えないが、『空手道』を書くことによって、いよいよ愛郷の念が強まったことは間違いないし、宮城を元気づけもしたはずであり、長い間、離れていた創作への熱情を甦らすことにもなったのではないかと思われる。それ以後の、宮城の活動にはめざましいものがあるからである。

一九五四年二月五日から七月二七日まで、宮城は『沖縄タイムス』に一七〇回にわたって「東京の沖縄」を連載する。それは、宮城が、戦後はじめて郷里の新聞に発表した小説だが、連載の始まる前日の二月四日、『沖縄タイムス』は「次の連載小説」として、社告を出していた。社告には、留学生たちの東京生活を描いて、郷里に伝えたい、という「作者の言葉」とともに宮城の「略歴」が附されている。「略歴」は、宮城自身の手になるものだと思われるが、一九三四年『改造』に「樫の芽生え」を発表して以来「作家としてきょうまで活動」してきたと記したあとに（この間昭和十九年以来一時ペンをおいたが、同二十六年再出発）と書き足し、「今年、改造新年号に『アメリカじゅうを騒がした男』を発表」したと続けていた。

「アメリカじゅうを騒がした男」は、「アメリカを震えあがらせた男　黄色人種弾圧のエピソード」のミスだが、それが発表されたのは、「今年、新年号」とあるように一九五四年一月である。

宮城は、一九五四年に「アメリカを震えあがらせた男　黄色人種弾圧のエピソード」と「東京の沖縄」の二編を発表しているのである。両作品がいつ書かれたか明らかではないが、宮城が「二十六年再出発」としている一九五一年に書き始められたのではないか。「(昭和)二十六年再出発」は、作品の発表という意味ではなく、作品の執筆を開始した年であったように思われる。

一九五一年になって、再びペンを取るようになったのは、「妻の褌」に見られる、二人の子供を失い錯乱寸前にあった状態からようやく抜け出したこともあるだろう。落ち着きを取り戻し、やっと筆を取る気力が湧いてきたのである。

宮城が、五四年、二つの作品を発表したのは、それぞれに、その後押しをした出来事があったということもあろう。

「アメリカを震えあがらせた男　黄色人種弾圧のエピソード」について言えば、「六十万ドル身代金の少年惨殺事件」が、新聞やニュース映画になり、全米を震撼させているが、その主犯が、一九三六年一二月号『改造』に発表した「アラモアナ事件」で取りあげた男であったこと、「東京の沖縄」について言えば、『沖縄タイムス』から連載小説への執筆依頼があったことなどによるであろう。

一九五一年七月一日『沖縄タイムス』は、発刊三周年記念に「新聞に何を希むか」として「読者と編集者の座談会」を行っている。出席者は山里永吉、真栄田義見、嘉手川重喜、長嶺栄、嶺井百合子の五名、司会を上地（一史）編集長が務めている。上地はそこで「四頁建ての実現とゝもにご希望に□うよう文化欄の編集にはとくに気を配りたいと思いますが、その前に本紙ではあと数日で戦後沖縄で始めて新聞小説を連載します。執筆者はこゝにおられる山里さんで何卒御愛読下さい」と述べていた。

上地の言葉通り、一九五一年七月六日から山里永吉の「那覇は蒼空」が連載されていくが、連載小説の企画が出たとき、山里をはじめ、執筆者の選定がなされ、原稿の依頼がなされたのではなかろうか。たとえその時、依頼がなかったにしても、『沖縄タイムス』が「新聞小説を連載」するということは伝わったのではなかろうか。

宮城は、そのようにかつてハワイで起こった事件を取り上げて書いた作品と関連する事件が起こったことや郷土の新聞が連載小説を掲載するということを知って、「再出発」への意欲をかき立てられたにちがいないのである。

一九五四年新年号『改造』に発表された「アメリカを震えあがらせた男　黄色人種弾圧のエピソード」は、「全米をふるいあがらせた、六十万ドル身代金の少年惨殺事件は、わが国でも、新聞にも報道され、ニュース映画は時を移さずわれわれの眼の前で映写された。――逮捕されたカール・ホールは〝殺したのは自分ではない、主犯はトーマス・マッシィで、金も大半は彼が取って逃げた〞と云っている」と書き起こされ、そのマッシィこそ、二十年来、宮城の「頭に強く付き纏う当のトーマス・マッシィに間違いない」人物であり、「二十年前、ハワイを軍政、委員統治に陥入れんとし、ハワイの有色人種に長い間苦渋を嘗めさせ、猟奇、殺人の運命を背負い、世界中の視聴を集め、アメリカ全土を騒がした人物である」といい、マッシィについて述べるのは「彼によって演じられた人生的一大戯曲に、単なる物語の興味を求め」たいがためではなく、「ヒューマニズムの批判の俎上に載せ」たいがためであるとその意図を明らかにし、かつて書いた「アラモアナ事件」を要約したあとで、「マッシィが白人少年惨殺連類者なら、彼は全米の憎しみを一身に集め電気椅子が彼を待つのだが、有色人種を謀殺した二十年前の彼は、全米からかつては英雄視され同情を一身に集めたこともあった。その同一人がアメリカの子供を殺せば悪鬼の如くののしられる。一体われわれはこのことをどう解釈したらよいのであろうか」と、結んでいた。

「アメリカを震えあがらせた男　黄色人種弾圧のエピソード」は、「英雄」から「悪鬼」へと転落した男を追ったルポルタージュであるといっていい。宮城が、あえて、二十年前の事件を再び取り上げ、その要約をしたのは、「アラモアナ事件」を書いた当時と同じく、アメリカに対する不信が、再燃していたことによるのではないか。

宮城は、「城南大学総長K先生への手紙」のなかで「アメリカ領土に一歩でも足を入れた人で、アメリカを心から嫌ふ人がゐたでせうか」といい、「アメリカを知つてゐるものは、皆アメリカを羨み、日本には、こんな人権が認められる時代は永久にないと諦めてゐたことでせう。アメリカを羨む、それはアメリカの物資を羨むのでなくて、あの自由、政治法律から来る自由、輿論から来る自由、教育から来る自由、実に羨ましく思ひました。横浜に船がつき、汽車で大森あたりを走る。その間には大した政治権力もありませんのに、まるで手や足を、しばり上げられてゐるように頭が重くなる不自由を感じたのは私一人でせうか。アメリカに行く船に乗るとすぐから解放される思ひがするあの自由だけは、欲しいものではありませんでせうか」と「K先生」へ呼びかけるかたちで、アメリカの「自由」を賛美していた。

「アメリカを震えあがらせた男　黄色人種弾圧のエピソード」は、「城南大学総長K先生への手紙」に書いたことを全く否定するようなものになっているわけではない。しかし、アメリカに対する手放しの賞賛が無くなっていることもまちがいない。宮城の中に、『ハワイ』に収めた作品の多くに見られたようなアメリカに対する敵意のようなものが萌しはじめていたように見えないこともないのである。そしてそれは、多分に、戦後のアメリカの沖縄政策に対する不信につながっていたと思われるが、「アメリカを震えあがらせた男　黄色人種弾圧のエピソード」の少し後に発表された「東京の沖縄」には、それほどアメリカに関する言及はない。

「アメリカを震えあがらせた男　黄色人種弾圧のエピソード」は、文末に「筆者は評論家」とある。「作家」ではなく、何故「評論家」になっているのか。長い間筆を折っていたとはいえ、かつて『改造』の編集部にいて、同雑誌に小説を発表し、新人作家と見なされ、その後も改造社から作品集を出版していた作者を、「評論家」としているのは、すでに宮城が、忘れ去られた過去の作家になっていたことを示しているようにも見える。

3、「東京の沖縄」連載

①留学生群像

宮城が、新人作家として知られるようになるのは「故郷は地球」の新聞連載によってであったが、戦後、作家としての復活を印象づけたのも、また新聞連載小説によってであった。宮城にとって新聞連載小説は、天の配剤であったといえないこともない。

戦後の復活を飾った「東京の沖縄」は、「序詞（一～十）」、「父の日記（出発）（一～二十）」、「わかれ（一～三）」、「入学試験（四）」、「わかれ（五～十五）」、「行きちがい（一～十六）」、「東京の初印象（一～二十四）」、「入学試験（一～二十三）」、「花見（一～十）」、「南光寮（一～二十一）」、「人さまざま（一～二十）」、「新入学生歓迎会（一～九）」、「希望は故里に（上、下）」からなるもので、一九五四年二月五日から七月二七日まで一七〇回に渡って連載された。

宮城は、「東京の沖縄」を連載するにあたって「序詞」を設け、最初に「おことわり」として、作品の本筋は、第一一回目からであると述べ、「三十余年東京の生活苦と斗いながら一生を文学に賭けている自分として本紙を通してはじめて故郷へま見えることになりましたので、愛郷の情のやまれないものがあります。この衷情の一端が序詞です」といい、「序詞」は「すじも主人公もない愛郷詩のつもり」なので「小説の興味は期待されずに、在京県人の愛郷の情を知る興味で読んで頂きたい」とその心情を披瀝していた。

「序詞」は「すじも主人公もない」と、宮城はいう。しかし、それは「すじも主人公もない」ものではなく、南島彰を主人公にした小篇となっている。

南島彰は、すべてを「郷里自慢の種」にし、「愛郷精神のチャンピオンを任じている」者で、「序詞」は、彼の「お国自慢」ぶりから始め、一九四四年一〇月一〇日の那覇大空襲、四五年三月一〇日の東京大空襲、南島家を度々訪ねてくる海軍少尉の潔、サイパンの最後、四月一日の沖縄本島上陸、沖縄の戦闘状況、東京に伝わる沖縄戦情報、日本の無条件降伏、一九四六年初冬の沖縄県出身者たちの集会、そしてその年の夏二世を迎えて行われた懇談会といった出来事を描いていて、東京に住む沖縄県人たちの、戦中及び敗戦直後の動きを伝えるものとなっている。

宮城は、「はじめて故郷へま見えることに」なったことで、どうしても、「故郷」沖縄へ伝えたいことがあった。それは、東京に住む沖縄出身者の「愛郷精神」であり、沖縄系二世たちの「快活」「力強さ」と「故郷を語り誇る」姿とである。

「序詞」は、その「愛郷精神」の発露した会について、敗戦後の沖縄の様相が少しずつ伝わるようになったころ「比嘉春澄が中心になって、呼びかけた」集会が開かれ「有楽町の、或る新聞社の大講堂は、殺気溢れた郷土人が、鉄筋の壁も押し破らんばかりのすさまじさ、立錐の余地」もないほど集まったこと、集会には「成城大学の親玉仲原善通、学界の先輩東恩納寛順、隠れたる徳望家元男爵伊江朝介、いつも東京の沖縄の村長と助役に担がれる神山政郎と伊元富治、三井財閥の一方の雄比嘉良徳、校長奥間得一、東大文学士八幡一□、画家南風原朝康、愛郷の郷土研究家金城朝栄、評論家永丘智一郎、古い県会議員金城時男、経理士新田宗成」等の顔があったこと、早稲田大学の大浜信川、東大助教授新崎正明、詩壇の山之口ばくたちもどこかにいただろうし、代議士漢那憲和、伊礼始、仲井間宗市、疎開中の先輩金城清待、成城大学教授上里朝衆、島袋盛勉、官界の高嶺明立、情熱家船越義永なども「馳せ参じていたに違いない」こと、比嘉春澄の開会の挨拶のあと、神山政郎、仲原善通、石川正周に続いて「郷土防衛の終末まで斗って、クリ舟で脱出して来た上地繁」が登壇し、「始めて故郷の惨劇の概略」を知ることになった、といったことが書かれていた。

「比嘉春澄が中心になって、呼びかけた」集会とは、「沖縄人連盟」の集会であろう。同連盟が結成されたのは一九四五年一一月。松本三益が、伊波普猷を会長にして、沖縄人連盟を作ろうと比嘉春潮に働きかけ、松本が大浜信泉、比嘉が伊波普猷、比屋根安定に話を持って行き、最初、松本を除く伊波、大浜、比嘉、比屋根の四名、後に永丘智太郎が加わり五人を発起人代表にして発足する。

沖縄人連盟結成の目的は「本土在住の沖縄出身者が郷里にいる生存者を知ること、至急に通信交換および金銭や救援物資の送付ができるようにすること、沖縄戦の実相を知ることの、三つが主であった」と比嘉春潮は、「年月とともに」で書いている。

沖縄人連盟第一回大会が開かれたのは一九四五年一二月九日。会場は東京神田の教育会館で「約千五百人がかけつけ」「会場に入りきれず、会館前にもあふれた」というが、宮城が描いた集会は、「新しい年が明け、花を待つには間がある冬の最も厳しい時であった」とされていることからすると、第一回のそれではなく、「初の全国大会となった一九四六年二月二十三日から二十五日にかけて東京と川崎で開かれた」集会であったと思われる。

「序詞」は、「愛郷精神」が爆発したとも言える沖縄人連盟の集会の模様を伝えると同時に、「ワシントン直属で視察を命ぜられて」沖縄へ向かい、その後東京に立ち寄った「ロスアンゼルスの中村とニューヨークの幸地」が、沖縄の様子を報告したあとでハワイやロスアンゼルスにおける県人の発展ぶりについても話したことを伝え、彼等の帰米を祝して歌う「アサドヤユンタのメロデー」が、「東京の空」に流れて行った、と終わる。

「序詞」の構成は、初の新聞連載小説「故郷は地球」を彷彿とさせるものがあった。「序詞」は、アメリカからやって来た沖縄系の若者、「故郷は地球」は、ハワイに渡っていった沖縄出身の若者を描いていて、行程は逆のかたちになっているが、そこには、住む所の違いを越えて、郷里・父祖の地を同じくする者たちの心の通い合いが取り出されていた。

宮城は「序詞」を閉じるにあたって「(序詞おわり、明日からほんとの小説です)」としていた。そして、第十一回「父の日記(出発)」からは、「序詞」とまったく別の物語が始まっていく。

「序詞」は、一九四五年から四六年初頭にかけての時代を背景にしていたが、「ほんとの小説」は、一九五〇年頃から始まる。それは「沖縄に大学が出来たことは、日本へ出て勉強することが許されてなかった、沖縄の子弟にとっては、まるで夜明けの光りが、ぱっと射し出たようなものであった。その上この年は、思いもかけなかった、日本への契約学生も募集されることになったので、若い人たちの胸は、一しお高く躍った。／その頃、夏樹は前原外語に学んでいた」とあるところから窺える。

作品に出てくる「沖縄大学」は、「琉球大学」のことである。米軍政府財政部副部長マグマホン大佐と知事との間で、沖縄に大学を設置する件について話し合われ、発表されたのは一九四七年八月九日。設置までの沿革を『琉球史料　第三集教育編』から拾っていくと「一九四八年十二月、マ司令部琉球局長ジョンH・ウエッカリング准将は当時の琉球軍政本部民間情報教育部長アーサー・E・ミード博士並びに沖縄民政府文教部長山城篤男氏と共に首里城趾を視察。この地が琉球の政治と教育に縁の深い所であることを認め、前情報教育部長スチユアート中佐の計画に基き、此処に大学を設立することにした。一九四九年六月八日、本館及び普通教室八棟並に図書館の建設が始められ、一九五〇年四月二五日竣工。一九五〇年二月十三日、沖縄民政府文教部成人教育課長安里源秀氏が琉球軍政本部副長官シャーマン准将から琉球大学長代理に任命された。一九五〇年三月、各群島別（沖縄、奄美、宮古、八重山）に入学候補者の選抜試験を行う。一九五〇年五月二二日、開学（英語学部、教育学部、社会科学部、理学部、農学部、応用学芸部）第一年次四八二名、第二年次八〇名文教学校外語学校より英語学部、教育学部二年次に編入の入学式を行う」といったようになる。

作品の主人公夏樹は、級友に、「契約学生」の募集に応じることを勧められるが「考えることがあって、『沖縄大学』を選んだ。英語科を希望したので、いきなり、二学年の特典を得ることになった」とあるのは、「文教学校外語学校」からの進学者は「二年次編入」という制度が設けられていたことによる。

「文教学校外語学校」の発足は、一九四六年一月。同年八月、文教学校から分離され「沖縄外国語学校」となり、本科、速成科のうち速成科が設置され、四八年には本科も設置される。学校は、英語教員および翻訳者の養成にあたったが、琉球大学の開学で廃止、吸収される。「前原外語」とは「沖縄外国語学校」のことである。夏樹は、英語教員や翻訳者を養成した学校から、「考えることがあって」「契約学生」の道を選ばず、アメリカ軍によって沖縄で初めて生まれた高等教育機関に進む。彼が考えていたのは、「四、五年遅れても、東京に出て、英語に物を云わし、独力ででも早稲田」で学び、将来は「ジャーナリスト」になるということであった。

思わぬかたちで、夏樹にその機会が訪れる。大学の構内で一目見て心を奪われた女学生が、挨拶に行くようにと云われていた父の知人の富豪清岡義弘の娘で、しかも、彼女とすぐに許嫁の約束まで出来たことで、清岡の財力を支えに「一年と十月ばかり世話になった」大学と別れ、「自由学生」として東京に向かう。

「契約学生」制度は、一九四九年米国民政府の好意によってはじまり、一九五二年に終わるが、その間、四九年には九八名、五〇年には四月に一四一名、九月に六七名、五一年には八七名、五二年には六二名の総計四五五名の学生が、その恩典に浴した。阿波根朝松編『琉球育英史』によると、「契約学生」は「民政府民間情報教育部」から「学費、生活費一切の全額を給与」されるかわりに、「卒業後沖縄に帰還し、建設的な業務に就くことを」義務づけられていたという。夏樹が、「契約学生」を選ばず、「自由学生」を選んだ理由は、その「契約」に縛られたくなかったためである。

留学生たちを乗せた港の出帆風景を、宮城は「四百余の、わが郷土の子弟は、あちこちに女学生の姿も交じえ、一等三等の差別なく、甲板中を埋めつくしている。何んという美しさだろう、いや？何んという崇高な情景であろう。／——多くの肉親は消え失せ、祖先の伝統は焼き滅ぼされ、山河は打ち砕かれた墳墓の地、われ等が故郷。／彼等をこそは、この悲しみを乗りこえて、焼け野原に芽生えゆく、郷土の、永遠の幸福をあらためて築こうと、青い鳥を索め行く、先駆者たちである」と万感の思いをこめて書いている。

夏樹は、「沖縄大学」の学生から「第二回の契約学生」として、前年上京していた夏樹と郷里を同じくする友人のところに試験期間中を含めその結果がわかるまで、居候する約束になっていたが、友人と家主の奥さんとの間に起こった仲違いで、友人は、中山家に事情を話し、了解を得て、夏樹の賄いを、中山家にお願いする。

夏樹は、友人の案内で一通り東京見物をし、早稲田を受験、合格の通知を受けて諸手続をすませたあと、花見に出かけたりして入学直前まで中山家で過ごす。

宮城は、その中山家について、「中山家と云えば、いかにも、邸宅みたいに思われるが、それは、およそ、家（け）の称号のつくような、しろものではない、ごみごみと、建て混んだ、貧民街の真中にある、みすぼらしい、二軒長屋の、片がわである」といい、続けて「主人の中山は、何処へずらかったか、留守であった、その道の人々には、ちょツと名が知れているとの噂もあるが、何をして食っているのか、仕事をする様子もなく、華（はな）の東京にいながら、三年近くも床屋へ行かないで、自分の手でジョキジョキたち鋏を使って、延びた髪をむしり取ったりする奇人だから、ずらかった、と云ってもよかろう。／しかし、奇人中山とは、いいたいしょうの、中山夫人は、貧乏のくせに、いつでも貴婦人に見過られる見栄坊で、いつも隙のない身つくろいをしている。／この夫婦の似ているところは、あまりうそをいわないのと、客には、出来るだけ親切で、世話好き、という点である」と書いていた。

中山家は、宮城家をモデルにしていた。「その道の人々には、ちょッと名が知れているとの噂もある」というだけではわかりにくいが、連載一一二回目で、明らかになる。

受験に合格した夏樹たちを中山の娘が友人たちと一緒に花見に案内していく途中、円融寺の「釣鐘堂」を見て、「この鐘、うちとも深い関係がある」と中山の娘久美子がいう。そして「久美子のいううちと、この鐘との関係は」として「二十余年の昔、この鐘から響き伝わった除夜の鐘をテーマにして、中山次郎が文壇にでたことである。／当時、中山次郎は、人も羨む総合雑誌の編集記者だったのを惜し気もなく抛げ捨てて、文壇進出に専念した。／金解禁の緊縮財政の不景気失業時代で、文学青年四万人と云われ、今日の文壇の寵児石川達三さえ文壇への進出に失望し、郷里の秋田へ帰り、豚飼いをすると宣言をした程で、文壇登竜の難しさは、今日の比ではなかった。／（これで駄目なら、沖縄へ帰って行こう。故里の土は、生きる道を教えてくれるであろう）。／生きる道を失った、どうにもならなくなっていた中山次郎は、この悲そうな思いで書いたのであった。／ところが、彼のその処女作は、発表にも恵まれたが、予想外の反響を呼び、彼を華々しく文壇へ送ってくれた。／以来、中山次郎は、いつの大晦日にも、この鐘から響き渡って来る除夜の鐘を聞き、襟を正して故里をしのび、新しい年への希望を祈念することをつゞけてきた」という長い説明文が、挿入されていて、中山次郎が宮城をモデルにしていることがわかるものとなっていた。

夏樹は、新学期がはじまる直前中山家を出て、「南光寮」に入る。「南光寮というのは、郷里の学生たちの寮」で、「新宿駅から出る小田急線の沿線、あの有名な成城大学のある成城町の次の駅、喜多見で下車して、南西の方数丁の距離にある」ということから、これもまた、沖縄県の学生寮「南灯寮」がモデルになっていることがわかる。

南灯寮は、一九四七年五月「沖縄県が、住居に難渋している学生のための学生寮として、株式会社昭南製鉄所から購入した、軍需工場の工員寮跡」で、四七年から五一年までは「沖縄県学徒援護会が管理運営に当り」、五一年から五五年までは「管理者がいない純自治の時期。建物は荒廃し、寮生は思想的に偏向しているとの世評が高く、経済的にもしばしば窮することがあった」という。

夏樹が、「南灯寮」である「南光寮」で暮らしたのは五一年から五二年にかけての「管理者がいない純自治の時期」にあたるかと思われるが、「思想的に偏向している」と見られた時期そして経済的にも窮していたという時期の寮、さらには題名の由縁ともなった「最も有力な〝東京の沖縄〟である」(一二一回)場所を、宮城は、玄関に入ってすぐの壁に張り出された張り紙の文句が、実情とはかなりかけ離れていた、といったことから書き出していた。

張り紙には「何人たりとも此の寮へ無断で入ることを断固と禁じる」という文字が踊っているのに「近所の人らしい二十四五才位の女」が訪ねてきて部屋に案内されていく様子や、「郷里学生ではあるが寮生ではない者」が、ノックもしないで部屋に入っていく様子、さらには近くの女学校の生徒たちが無断で「ピンポン台の方へ」向かっていく様子を描き、大層開放的で、張り紙に書かれていることを「断固と禁じる権力者は、どうもこの寮にはいる様子はない」と、書く。

次に、「寮運営費の滞納を書き出してある」張り紙をはじめ、いろいろな張り紙が出ているが、そのなかには「激越の文句の多い」のが見られること、そして「外壁には〝アカハタ〟が、状さしみたいな箱に、折って入れられ」ていることを取り上げる。

張り紙には「共産党のいい方」や「共産党のやり方に似た」ものがあり、そういったのが張られた「壁を見回すと、東京の学生生活をよく知らない人なら、この南光寮が共産党員か、そのシンパばかりの、先鋭的、猪突(ちょとつ)的人間の巣のような印象を受けるであろう」が、しかしそれは「玄関のはり紙同様」に「寮の性格ではない」という。

寮の本来の姿は、「空文に等しい」張り紙や、文字に「朱で、マルを巻いた」張り紙にあるのではなく、階段に貼り付けられた「静しゅくで勉強の出来る状態をつくりましょう」という張り紙にこそあるとして、外側からみた寮の様子についての説明をした後、寮生たちの思想についても触れ、彼等の中には左翼から右翼までいるが、「学問的研究を離れて、実際運動をするのは、学生の身分から云って、それは特殊の部に入るだろう」と締めくくっていた。

宮城は、南光寮を二つの側面から描いていた。その一つは、寮生たちの思想的な問題であり、後の一つは、恋愛問題である。

思想的な問題については、真っ先に共産党との関係について取り上げていたが、その後にも「寮の中に共産党員が、二、三人はいるらしいという話が、寮生間にあるが、それが真箇（ほんと）にいるのか、いるとすると、誰か、全く見当がつかない。寧ろ、在学生には、共産党員はいないと見るのが、当らずとも遠からずであろう」といい、「町民たちは、最初、南光寮を誤解して〝先鋭分子〟の本部位に白眼視していた。それに気付いた寮生たちは、郷里から新しく来た契約学生たちも心を合して、自分等の真箇の心、ほんとの姿を、町民に知らすことを話し合った」と寮生たちの動向に触れ、また「国友さんは、やっぱり、共産党じゃないかと思うの、ことによると、在学党の運動をするために、奥さん、持たない考えではないかとも思うわ」「それもあるわね、在学生には、共産党員はいないようだけれど国友さんや古謝さんたち卒業生は、党に入っているかもしれないわ」といった女学生たちの会話、さらには「先輩方は、新しく郷里から出て来たわれわれとは異って、思想的にも、尖鋭的の気分があって、その影響で、あんなに、過激なといいますか、進歩的革新思想のいろいろの貼紙が出されています。しかし、それは、極一部ですからこの寮は、政治的色彩は全然持たない、家族的安住の場所という建前で、一切貼紙などもしないようにしようという風に、運動方針をすいしんしています」といった寮生の発言を記し、学生たちが、決して〝尖鋭的〟でないことを、執拗にといっていいほど強調していた。

宮城が、寮にいる在学生には「共産党員」はいないと、繰り返し強調したのは、良くも悪しくも、当時の状況をよく語っていた。

一九五〇年五月三日、マッカーサーは「憲法記念日の声明で、共産党の活動を批判」し、六月六日には「共産党中央委員二四名の追放を指令」する。そして六月二五日、朝鮮戦争が勃発するやいなや「言論機関のレッドパージを勧告」し、翌二六日には「機関紙『アカハタ』の発刊を三〇日間停止する」ことを決定、二カ月後の九月一日には「政府機関のレッドパージが閣議決定され、共産党関係者の追放がおこなわれた」といわれているように、レッドパージの嵐が吹き荒れ、共産党関係者が追放されていく。アメリカ軍の統治下に置かれ、パスポートを携帯し上京してきていた沖縄からの留学生たちが、レッドパージに無関心でいられたはずはないし、政治的活動に積極的に参加した寮生たちがいたとしても不思議ではないが、宮城は、在学生には共産党員はいないとした。宮城が、あえてそれを強調したのは、留学生たちを不利な立場に追い込んでいくことを、極力避けようとしたためであろう。

思想問題と共に宮城が、取り上げたあと一つの恋愛については、実に多彩多様といっていい関係が取り上げられていた。電車のなかで見た女性に恋いこがれる者、喫茶店で働いていた女性に魅せられ私立探偵に探索を願いでる者、畑で働いていた女性に見初められた者、そして、寮の男性たちに心を寄せながら、成就しなかった恋に泣く女性といったように、多くの恋を取り上げていたが、そこには、とりわけ目を引く特徴とでもいえるものがあった。

主人公夏樹は、清岡家を最初に訪問した時、清岡が「夏樹君!今日の、生半可な、性の解放とはちがって、恋愛神聖の理論は、若い人たちの心を、高く、清くした。無軌道には、しなかった。青春の誇りは、清純だからなあ」と切り出したのに対し「はい、僕たち、沖大の学生も、恋愛は清純で、結婚を予定するように考えています。今日のアプレの風潮とは、あべこべで、おじさん方の青春時代と、同じだと思います」と夏樹が応じていたこと、また、寮生から恋文を受け取った娘の母親が娘にかわって「あなたもおっしゃるように、恋愛は結婚を前提しますし、また、恋愛が成り立つに、お互いに理解し合わねばならないと思います。一目惚れということはありますが、しかし、今日の社会では、何等かの意味で、どうしても、お互いに知り合わずに、恋愛や結婚に入るのは、後に禍根を残すものではないでしょうか」といった手紙を送っているが、そこには、恋愛は神聖であること、恋愛は結婚を前提とする、といったことが強調されていた。

加藤秀俊は「合理と非合理の交錯——アプレゲール」で、「思い立ったことを実行する。ためらわない。そうかといって、その行為の善悪・正邪をたしかめることもしない。それが『アプレ』というものであった」と、一九五〇年に起こった幾つかの事件を取り上げて纏めていた。「アプレ」は世の大人たちに「白眼視され、非難された」ことから、宮城は「アプレ」でない恋愛を、強調したに違いない。

宮城は、留学生たちの思想が〝尖鋭的〟でないこと、恋愛観が「アプレ」でないことを強調していた。そしてそれが「東京の沖縄」の主題であったといっていいだろうが、その主題を支えているのが、留学生を見送る際の演説と、留学生を迎えて行われた演説である。

夏樹たちは、留学の準備が整ったところで、「一年と十月ばかり、世話になった、沖縄大学へ、挨拶」に行く。彼等を迎えた教授は「わが沖縄は、何にもかも、新しく、出発するのだ。君らは、今、スタートに、立ったのである。どうか、故郷沖縄を、自分が、背負っている、ということを、忘れないで、しっかり、頑張ってくれ！」という餞のことばを送っていた。

そして、夏樹たちから一年遅れてきた留学生の歓迎会では、「大阪公会堂で十人ばかりの花形文士の講演の司会をしたこともあり、あちこちの地方大都市での文士思想家の講演を司会した経験」もある「古いジャーナリスト」の沖山洋一が、新入学生を前に、アイヌやハワイの虐げられた民の話、薩摩入りから占領後までの沖縄の歴史をたどった後、「諸君は、いやでも、近い将来の沖縄を背負わねばならない人々です。どうぞ、一人々々が、自重自愛、学業と共に心胆を錬磨し、われ等の愛する郷土のために奮起されんことを切にお願いします」と説いていた。

留学生たちに期待されたのは、郷土を背負って立つことであり、そのためには、〝尖鋭的〟でなく、「アプレ」であってはならないということであった。

「東京の沖縄」は、熱い思いをもって、若い留学生たちにエールを送った物語であったといっていいだろう。そしてそれはまた、戦後、作家として再出発しようとする、自分自身への励ましでもあったはずである。

②政治的文脈の排除

「東京の沖縄」は、一九五〇年から一九五二年にかけての時代を扱っていた。その時代の政治的情況を見ていくと、「一九五〇年会計年度に、アメリカ議会は、五千数百万ドルの本格的な軍事基地建設予算」を組み、基地の建設を本格化していく。アメリカ政府は、また五〇年九月「対日講話七原則にもとづいて各国との予備討議を開始」し、翌五一年九月八日には、対日平和条約および日米安保条約を調印し、五二年四月二八日から施行、沖縄は「合衆国を唯一の施政権者とする信託統治制度の下に」置かれることになる。

一九五〇年から五二年にかけて、中華人民共和国の成立（一九四九年一〇月一日）、朝鮮戦争勃発（五〇年六月）のあおりを受けて、沖縄は、軍事基地化していくとともに、沖縄の帰属をめぐってさまざまな動きが見られるようになるが、五〇年「五月に開かれた全国都道府県知事会議は、仲吉良光らの要望を受けて沖縄・奄美大島の日本復帰を決議、マッカーサーに陳情書を提出」する。日本への復帰運動は、敗戦直後から、本土在住者によって行われ、一九四九年ごろから、国会では、復帰は当然という雰囲気はあったが、「沖縄出身者や奄美出身者の運動以外に積極的な沖縄返還運動が存在したわけではない」という。

五一年二月には、人民党、共和党、社大党、社会党の四政党間で帰属問題が論じられるが、「社大党と人民党は即時復帰を、共和党は独立を、社会党はアメリカの信託統治を主張して、統一見解」を得るにいたらず、三月一八日、社大党、人民党がそれぞれに「日本復帰運動の推進を決議」し、一九日には、沖縄群島議会も、日本復帰要請決議を行い、四月二九日には、社大、人民両党に民主団体が加わり、琉球日本復帰促進期成会を結成するとともに、「沖縄青年連合会や社大党の青年部である新進会などによって日本復帰促進青年同志会も結成」されていく。

中野好夫　新崎盛暉著『沖縄戦後史』は、そのように敗戦後から五一年までの復帰運動史をたどったあと、「五一年はじめに発展した日本復帰運動は、どのような主張をかかげていたであろうか」と問い、「日本復帰促進期成会の趣意書は、『琉球の歴史的、地理的、経済的、文化的、民族的関係から、速やかに日本に復帰する事が琉球人に繁栄と幸福をもたらす』と述べていた。そこではあくまで、文化的民族的一体感が基調となっていた。そればかりか、『全面講和や基地提供反対等の主張をせず、此の運動を単に琉球の帰属問題に局限する』として、政治的主張を積極的に排除しようとしていた。沖縄群島議会における日本帰属要請決議の提案理由もほとんど同じであった。すなわち、『同一民族が同一政治態勢下におかれることは人類社会の自然の姿である』し、経済的にみても、文化的発展という観点から考えても日本に帰属することが沖縄のためになる、というのであった」と論じていた。

「東京の沖縄」は、『沖縄戦後史』が「日本復帰促進期成会の趣意書」について指摘していたように「政治的主張を積極的に排除」し、「文化的民族的一体感が基調」をなしている作品であった。

それは、例えば「序詞」で、「お国自慢」を得意とする南島彰が「子供が生れて、満産の時にする、桑の弓や、小蟹をはわす式は、皇室と沖縄だけしかないと云って、大和民族の、最純粋な正統は、沖縄である」といった「主張」によく現れていたし、さらには、主人公夏樹の「お父母上様　杏子様」あての東京の初印象を記した手紙に「私たちは、東京へ来て、私たちは、やはり、日本人だった、という意識が、はっきりしました」というところにさらによく現れていた。

そこには、復帰運動に関する言辞は見あたらないが、初期の復帰運動に見られた「文化的民族的一体感」と同一の考えが表明されていた。
宮城は、作品で、沖縄の「祖国復帰」を後押ししていたのである。

4、雑誌『おきなわ』への寄稿

一九五四年、作家の復活を告げる二つの作品を発表した宮城は、五五年『おきなわ』六巻第二号に「大人の童話　島の話」を寄稿している。

雑誌『おきなわ』の創刊号が発行されたのは、一九五〇年四月一日。東京在住の学者、研究者を中心に、東京で活躍している沖縄県出身者が寄稿し、沖縄に関する論考から随想、創作、そして組踊、琉歌、民謡の特集号さらにはハワイ特集号といったものまで組んでいた。同誌は、一九五五年九月一〇日発行、第六巻第四号、通巻第四六号まで確認できるが、いつ廃刊になったか不明である。宮城の登場は、確認できる限りでいえば、ほぼ、最後になってからで、たぶん、『おきなわ』に発表した作品は、「大人の童話　島の話」一篇だけだったのではないか。

「大人の童話　島の話」は、「前書」「恋人の会話」「島の役人の密議」の三つの話で構成され、「前書」を「話を掘り出した考古学者の解説」だとして始めている。そこで、考古学者は、地球の途方もなく長い歴史のなかでは「今日とそっくりの世界」があったことを否定することができる人などいるはずはないと切り出し、「わしが掘起こして大事にしまってあるこのお伽噺もどうもこれは十億年位むかしの世界のことらしい」といい、「不思議なことだが、読んで見ると、地球や人類の社会が、今日とちっとも違ってはいなかったらしい。兵隊もいたし、飛行機もあったし、水素爆弾やコバルト爆弾もあったことがちゃんと書いてある。だが、一つ大変に違ったことがある。これは、水素爆弾やコバルト爆弾の地球支配の未来が語られていることである。われわれ人類の未来を示唆する諷示らしい興味深い物語に違いない」とした後で、「この島は、細長い島でした」と、島についての「解説」をしていく。それによると、島は「長さは百二十粁、幅は狭いところは四五粁で広いところでも十二三粁しかない北から南へ延びる島」だという。またこの島に住む人たちは「ちょっとなぐることをころすと言った」というように地形や言語に関する情報から、空と海の美しさは世界一であるといった自然の紹介にまでおよび、そのあと「だが」として、「〝火の国〟の兵隊に征め込まれて後は、人殺しもあれば銀行ギャングもあり、囚人たちが獄屋を破って暴れ出すこともあった。今日のわれわれの社会とそっくりということになった」と島の歴史に触れたあと、「長解説は無用。さあ、お伽噺を始めましょう」と「恋人の会話」に入っていく。

「前書」の「解説」で述べられている地形や言語、自然景観や歴史から、その島が沖縄であることはすぐにわかるが、沖縄のどの地域の話を考古学者は掘り起こしていたのか、それは、次の

「恋人の会話」で明らかにされる。

「恋人の会話」は、「輝く国」からきた娘が、こんなに美しいところが地球上にあったなんて信じられないと驚嘆し「一生ここで暮らしたい」と言うのへ、「若者」が、故郷を褒められることも、ここで一生暮らしたいというのも嬉しいし、母親も喜ぶだろうが、「しかし」として、「この自然も、〝火の国〟の兵隊がいては、決して平和ではありません！　一番危険なところと言わなくてはなりません」と島の直面している現状を話す。納得のいかない娘に若者は、眼前の「あの林のように、田圃の中に立ち並んだ塔をごらんなさい！　あれは夜も昼も世界中に〝火の国〟の事を宣伝している大事な装置です。いざ戦争となれば、〝中の国〟の飛行機が、真ッ先に水素爆弾を撒くに違いありません。〝中の国〟からこの島は、二時間もかからないで、飛んでこられますからね……あ、あ、この立札をごらんなさい、島の人は、ここから先は入っていけないと書いてあります」と指さす。

禁止区域に接する浜辺に降りた娘は、その美しさに驚喜し、嘆声をあげるとともに「ここにもまた」と立札に目をやる。若者は「それは〝火の国〟の兵隊たちの人種差別ですよ。自分たちだけの海水浴場という訳です」と説明し、〝火の国〟は、民主主義の国だと言うが、「この島では、随分変わったことを」していると批難する。そして、立ち入りを禁じた広々とした場所に人が見えないのはどうしてなのかという娘の率直な疑問に「ここは、この島全体の高級将校たちが、終末の遊び場だから、土曜に来て、日曜の夕方に帰るのですよ。テニスコート、野球場、ゴルフリンクまでできています。住民の食糧を作る畠を取り上げて、つくったのですよ」と説明する。

若者の話から、その地域が、どこなのか、いよいよ明確になる。

娘とともに海辺で腰を下ろした若者は、向かいに見える島について「あの島では、〝火の国〟の兵隊と〝輝く国〟の兵隊が、激しく戦いました。〝火の国〟の有名な新聞記者、ニーパルが死んだのもあっちですよ」といい、そのあと「四才の時の戦争の有様と、終戦後、ここに〝火の国〟の施設が出来た前後の物語」をしていく。

若者は、その戦争で父親と祖母を失ったこと、母親は、敵の飛行機から危うく難を逃れて生き延びたこと、戦後、広い田圃に実った豊かな稲の取り入れを準備している時、何の相談もなく、送電施設のための鉄塔が至る所に建てられていったということを話す。

若者の話から、二人が見ている海の向こうの島は、伊江島であり、高級将校たちの週末の遊び場は「奥間レスト・センター」であり、田圃に林立する鉄塔は、沖縄ＶＯＡの送電施設であることがわかる。

「奥間レスト・センター」が、「米軍の軍人・軍属およびその家族の福利厚生施設として使用が開始された」のは、一九四七年からであり、その近くに隣接して沖縄ＶＯＡ基地の建設が始まったのは一九五一年からである。宮城悦次郎『沖縄・戦後放送史』によると「米国国務省広報文化局に所属する対共産圏向けの宣伝放送機関」であったＶＯＡは、「強力な電波を発射する局」であったために、「鉄柱につないであった牛がショック死したり、深夜消してあったテレビが火を噴いたり、テレビが中国語をしゃべったり、電話が雑音で聞こえなくなったり」しただけでなく、「配線もせずに蛍光灯が」点灯するといった「電波公害」が起こったという。

宮城が、「大人の童話」の舞台を奥間にしたのは、彼が、同地の出身で、村で起こった出来事を詳しく聞いていたことによるのだろうが、「大人の童話」は、単に、〝火の国〟の横暴さだけを書いていたわけではない。

土地を取り上げレジャー施設や、通信施設を作っていく横暴な征服者を、「村の人たち」は「何か特別の偉い人種」だと思いこんでいて「民主主義の主張をしない」ばかりか「不可解な暴圧政策の結果」だとはいえ「故郷の人々が、いつの間にか精神的な不具者になって」しまっていること、さらにまた、「島の人」が、〝火の国〟を批判したり抗議したりすると、〝公平主義者〟だとして、職場から放逐されるといったことが頻繁になされ、そのため、人々は「無気力」になったばかりか、〝火の国〟の教養のない兵士たちに感化されて、「理想もロマンも持たない民族」になってしまった、と〝火の国〟の横暴さを憤るとともに「故郷の人々」の「無気力」を嘆いていた。

「恋人の会話」は、その後、若者の揺れる心を映し出していく。

若者は、「この島の人間を救う道」は、「島が〝輝く国〟へ帰って〝火の国〟の兵隊が引き上げる」

ことでしか実現しないという。あるいは「何か自然の理法で」「昔のように、〝輝く国〟へ復帰して、平和に暮す日が来るような気が」するともいう。しかし、最初の発言のあとでは「島中が軍事施設になっては仕様がない」と諦めにも似た言葉をもらし、次の発言では、〝公平主義〟の〝中の国〟と、〝財閥主義〟の〝火の国〟とが、睨み合っている情況では「〝輝く国〟へ帰しっこありませんね」と、状況の難しさを口にする。

若者は、横に坐って話を聞いている乙女に、そのような揺れ動く心中を打ち明けたあとで、「何よりも恐いのは」として、「島の人々が、無気力な奴隷に甘んじて、文化の伝統を失ってしまうこと」だといい、「頼み」になるのは「純真な若者たちが民族の誇りを心の中に抱いて、能う限りの抵抗を持っていること」だという。

そして、話は一転する。

若者は、聞いた話だとして、「世界中の人種が集まっているという太洋の中の〝火の国〟の植民地は、すべての人種が殆ど平等で、のびのびと暮らしている」こと、「海水浴場なども、こっちのように差別がないので、皮膚の色の異る世界中の人種が、入り交じって人生の悦びを共にしている」といったことを話し、「この島」が、圧制的であるのは「出先官憲の統治方法の間違い」によるのではないかと話を転じ、「せめて〝火の国〟は、この島に生まれた人々が、〝輝く国〟に行ったり〝輝く国〟から帰ったりする自由だけは、すぐにも許すべきだと思います」と口にする。

宮城がそこで「太洋の中の〝火の国〟の植民地」の話を出したのは、かつてハワイに遊び、肌の色の異なる様々な人々が生活している様子を目にしていたことによるのだろう。宮城は、ハワイのような「植民地」なら、それでもいいと思っていたようにもとれる箇所である。

宮城が、ハワイに憧れの気持ちを抱いていたことは、ハワイに関する数多くの随想から読み取れる。ハワイのようならいいという気持ちがあったのは、それだけ「この島」の情況が、深刻であったということだろう。そしてそれは、若者の希望が、せめて往来の自由だけでもというところに、よく現れていた。

最後の章である「島の役人の密議」は、「島の執政官」が、「重大な問題」のための緊急会議だとして「官邸へ大臣たち」を招集するところから始まる。反対党に知られたら「今まで〝火の国〟の庇護の下に栄職にいたものは吊し首にされないとも限らない」ので、対外極秘だとして話されたのは「〝火の国〟の軍隊が、この島から全面的に引き揚げることになった」ということであった。

そのわけを「嘘みたいな話」だがとして、執政官が話したのは「〝火の国〟では〝公平主義〟諸国と対立して、〝財閥主義〟を守るために、水爆やコバルト爆弾を沢山製造して太洋の中で実験すると同時に、時々国内の砂漠でも実験した。学者は、コバルト爆弾十発を地球上で破裂させると、地球の生物は、動植物から微生物に至るまで、すべて枯死することを予言して、〝火の国〟の当局に警告を発したのに、軍人たちはそれを諾かないで実験した。その結果、〝火の国〟の広い地域の一億数千万の人間が、急に、殆ど死滅して、残ったのは、百分の一にも足りない、ということが、最近ここの民政官へ知らされて来た」ということであった。そして、執政官は話したことについて「よく考えて各自意見を述べて」欲しいという。話を聞いて居並ぶ大臣たちは顔色を失うとともに「各自各様、誠に暗示と興味に溢れた意見」を出すが、「彼等が一日中考え抜いた最後の結論」は「一味一党で〝火の国〟が残して行く厖大な建物や土地や物資を、どうして自分たちのものにするかということ」だったといい、そのことを「ここで明らかにして置きます」として「島の役人の密議」を閉じていた。

宮城は、そこで「〝火の国〟の庇護の下に栄職にいたもの」たちの現実主義というよりも、どうしようもない腐敗、堕落ぶりを取りあげていた。

「大人の童話」は、思わぬかたちで「この島」から〝火の国〟の軍隊が引き上げていくといった結末になっていた。「童話」とした由縁だろうが、作品の主意は、「祖国」への復帰が認められないのなら、せめて「祖国」との往来だけでも自由にして欲しいということだった。

『沖縄戦後史』は「対日平和条約の発効から一九五六年なかばまでは、沖縄の民衆にとっての暗黒時代であった」と規定している。それは「対日平和条約第三条によって、沖縄支配の合法的根拠をえたとする米軍」が、「徹底した軍事優先策と反共政策をふりかざして、軍用地の強制接収や政治的弾圧を強行」していった時期であったことによる。

同じく中野好夫　新崎盛暉著になる『沖縄問題二十年』によると、一九五二年、沖縄教職員会は、戦後初の大会で、「日本復帰の促進」を掲げ、内外に復帰を訴えていくとともに、一九五三年には、三回に渡って復帰要求の大会を開催するが、米民政府による弾圧がはじまり、一九五四年二月には沖縄教職員会長で復帰期成会長を兼ねた屋良朝苗に「復帰運動は共産主義者を利するのみであるから、教職員は、共産主義への協力をやめて、児童の教育に専念せよ」と命令し、復帰期成会メンバーの本土への渡航拒否を行った。そのため、期成会メンバーの上層部は動揺し「復帰運動の非政治性を強調したり、復帰スローガンはかかげても、行動は日常活動にのみ閉じこもるというような傾向もみられるようになった」という。

「大人の童話」が、侵入者の圧制に歯がみしながら、「往来」だけでも自由にというささやかな希望を述べるに留まっていたのは、作品の発表された時期が、まさに「沖縄の民衆にとっての暗黒時代」といわれた時期であったことと関係していよう。

作品に見られる〝火の国〟〝中の国〟〝輝く国〟「太洋のなかの〝火の国〟の植民地」がどの国を指すものであるか明白だが、〝輝く国〟については、少しばかり触れておきたいことがある。

山之口貘に「晴天」と題された詩があるが、それは次のように歌われていた。

その男は
戸をひらくような音を立てて笑いながら
ボク　ントコヘアソビニオイデヨ
と言うのであった

僕もまた考え考え
東京の言葉を拾い上げるのであった
キミノトコハドコナンダ

少し鼻にかかったその発音が気に入って
コマッチャタのチャッタなど
拾いのこしたようなかんじにさえなって
晴れ渡った空を見あげながら
しばらくは輝く言葉の街に佇んでいた

貘の詩は、上京した頃のことが歌われたものであったが、そこに「輝く言葉の街」という表現が見られた。「輝く」は、いうまでもなく「憧れ」の別言にほかならない。それよりも何よりも、ほぼ同時期沖縄を捨てるようにして東京に出ていった者たちには、「日本・東京」が、「輝く国」に見えていたのである。

「大人の童話　島のはなし」は、宮城の「島」・郷里奥間を舞台に、アメリカ批判および沖縄の政治家たちを諷刺した「寓話」といっていいものであったが、それで完結というわけではなかった。宮城は、作品を閉じたあとに「おことわり」として、「このお伽噺は最初の糸口だけしかお伝え出来なかったことを深くお詫び申し上げます。「貰う人もないルインになった基地跡のビル群」「住む人のない火の国住宅」「始末の出来ない爆弾倉庫」「取り壊しの出来ない厄介な塔」「広すぎた道路」「元の畑にするには」――こういう題目が最も興味の中心となっているお伽噺ですが、それが伝えられず、また日数にゆとりがなく、語り手の話をそのままお伝えできず粗略になりまして申し訳ありません。読者諸賢のご宥恕を乞う」と付記していた。

「貰う人もないルインになった基地跡のビル群」以下の題目から、「大人の童話　島のはなし」は、米兵が去った後のことまで書く予定であったことがわかる。しかし、「日数にゆとりが」なく、考えていたことの半分も書けなかったということは、それが、急な依頼原稿であったことを窺わせる。

宮城は、作品を、考えていた題目の三分の一しか書けなかった。しかしそれだけでも書けたのは、先に「東京の沖縄」を連載するに際して調べてあったことが役立ったに違いない。その時、「童話」などでなく、本格的に沖縄の戦後と向き合う作品を書きたいという思いが宮城に生じたのではなかったろうか。

5、「故郷は地球」の連載

①登場人物について

宮城は、「東京の沖縄」に次いで「故郷は地球」を、一九五七年一月六日から翌五八年一一月三〇日まで四二〇回にわたって『沖縄タイムス』に連載していた。

一月五日、『沖縄タイムス』は「つぎの連載小説」として、「大動乱」が完結したので、次は宮城の「故郷は地球」を連載するといい、「最近三十年ぶりに沖縄を訪れ、故郷の姿をつぶさに調査後筆を執ったのがこの小説」であると紹介するとともに、「作者のことば」を掲載していた。

宮城はそこで「世界の注視の的となっている故郷沖縄の、国土（風土も）民族感情、基地の生態など、なるだけ多くのことを取り入れて書きたい」と述べていた。作品は、その言葉通りに実に多くのことが取り入れられ、数多くの人物が登場し、さまざまに絡み合っていくが、作品の骨格をなす人物の配置に大きな工夫が見られた。
「故郷は地球」は、「地上の星」から始まる。そこに、登場してくる大城維久子、桑江稲子、山川和江のあとに続いて登場してくる杉原浩一の四人が、主要な人物であるが、大城は南部の出身、桑江は中部、山川と杉原は北部の出身、そして山川と杉原とは、許嫁の間柄である。

主要人物を、三地区の出身にしたのは、言うまでもなく、沖縄本島全域をくまなく照らし出していくための配慮であった。そしてそれは維久子、稲子、和江、浩一の現在だけでなく、彼等の体験したそれぞれの地域での戦争、すなわち沖縄戦の全体像を描き出していくための方策でもあった。

「地上の星」に続く章「南部の場合」には、維久子の家族とその親族といったごく限られた範囲の人々しか登場しないが、「北部の場合」には、同章を含め、その後の「まけしゃも」「おかす者」「いのちへの道」「哀しき抵抗」「心の盲者」「生きるよろこび」と幾つもの北部を扱った章を設け、数多くの人物を登場させている。

その中で、慰安所作りに狩り出されて以後、兵隊たちの案内や使い走りに奔走する達吉と今帰仁尋常小学校の上間訓導、住民をスパイ視して斬殺する平川大尉、那覇から与那覇岳の麓に避難していて、住民を山から降ろすのに力を貸す二世のドクター・上野といった人たちが重要な人物として登場する。

北部地域の戦闘と敗戦直後の様相を描いた「生きるよろこび」に続く「遺骨さがし」には、中部出身の桑江稲子一家と稲子の母の従姉妹朝子、浩一の母幸子の弟山田健吉、朝子の従兄で、雅子からも従弟にあたる内間朝賢たちが登場し、舞台は避難地の北部から那覇へ移っていく。

「遺骨さがし」に続く「原始と文明」では、雅子の従伯父の後妻、山城澄子、雅子の夫からは本系の叔父に当たる中村春男、「小さい叔父さん」では、中村春男の家族、「ブラジル」では、浩一の叔父松吉、「生き抜く叔母」では、稲子の叔母、智恵子、「二人の青年」では稲子が心を引かれるブレンソン中尉と東京に留学している弟が世話になっている世界公論社の編集記者伊良波朝一、「宿命と意志」では稲子の教え子である三名の女生徒、稲子の学友前川千鶴子、「風俗営業」では、取材で帰郷した朝一、同じく何十年ぶりかに帰省した島袋清善、朝一と外語時代の友人比屋根安信、真嘉比貞夫、「米琉親和連盟会長」我如古弥吉、「沖縄文化社」の渡名喜守明、「心の芽生え」「手紙」では朝一と稲子、「母こころ」では質屋からAサインバーの経営者になった智恵子の会計の面倒を見る山田博雄、「誰が石を　前書」「智恵子の理論」では、バーに勤める律子、文子、秋子、蘭子、艶子、綾子といった娘たちが登場してくる。

「東京の四原則」では、沖縄代表団四名の東京入りが取り上げられ、「新沖縄の黎明」では、稲子が上京し朝一との結婚生活が始まり、作品は終わる。

「故郷は地球」は、そのようにそれぞれの章ごとに大切な役割を演じる人物が出てくるが、その登場は、一つの方式を踏まえてなされていた。

例えばそれは、「老人は、浩一の祖父の弟に当る人である」「それは珍しい、あれは私の母方の従妹の息子です」「仲村春男は自分の義理の姪に当る桑江雅子の夫からは、本系の叔父に当る人」といったように、登場してくる人物を紹介するにあたって親族関係を指標にしていた。親族つながりとでもいっていい方式である。そしてそれは、登場してくる人物の紹介にとどまらず「静子はかねて見ていた義姉の家の壕を思い出した。義姉というのは、夫、久一の一番上の姉、維久子と久一郎の伯母である」といったかたち、さらには「我如古弥吉は、島袋清善にかかっては叔父甥のようなへだてないものになっていた」といったように、何かを思い出すさいにも、対話がなされる場を説明するに際しても、親族関係を表示するかたちで行っていた。

宮城が、作品に登場してくる人物をそのように親族関係語彙を用いて示していったのは、理由のないことではない。宮城は「遺骨さがし」の章で、「島が狭くて子供を沢山生む沖縄は、すべての住民の血がつながっているようなもので、他から見ては何の縁故もないと思われる人たちが、従兄弟の仲だったり、或いは叔父甥の関係にあったり、〝またいとこ〟ともなれば勘定も出来ないというのが多い」と書いているように、「すべての住民の血がつながっているようなもので」あると考えていたことによる。そのような考え方に立てば、登場してくる人物が、どこかでつながっていて不思議ではない。

さらに宮城は、「雅子の父は、節子の父を先頭に九人兄弟である。その一番末弟が雅子の父である。／ところが、母方は、父方に輪をかけて更に多産系で、十一人兄弟である。尤も、最後の一人だけは異母兄弟だが、父の場合とは逆に、母は十一人兄弟の惣領娘で、同腹の末妹が朝子の母になっている。／それで本系の従兄弟だけでも、南米のアルゼンチン、ペルー、ブラジル、それからカリフオールニアやハワイなどの外国にも大勢行っているし、東京、神奈川、大阪、兵庫などへも散らばって、何処にどうしているか判らないのもいる」と書いていた。

県内だけでなく、県外、国外まで広がっている係累のことを考えれば「故郷は地球」だという思いが湧いてきて不思議ではなかった。

②戦争について

「故郷は地球」で大きな比重を占めている一つに戦争がある。宮城が、最初に登場する人物の出身を南部、中部、北部というように配置したのは、間違いなく沖縄戦の全体を把握したいという意図があってのことであった。

宮城は、まず「南部の場合」として、維久子の家族の戦争体験を記すことから始めていた。維久子は、卒業式が間近にせまった休みを利用して、家族のもとに帰る。そして、母親が楽しみにしている卒業式の話になるが、母は、式典をラジオで聞くという。維久子は、母が、何故、式典に出ることを避けようとしているか、母にその理由を聞かなくても判っている。母が人前に出ることを畏れるようになった遠因は、戦争にあった。

維久子は、「自分の生まれた土地を、よく見きわめようと、考え」散歩に出る。目の前に広がる故里の懐かしい風景が、いくつもの思い出をわきたたせていくなかで、「十年前の戦争」の記憶がよみがえってくる。

維久子は、戦争になる前の年、宮崎への疎開を拒み対馬丸の悲劇を回避できたこと、米軍が上陸する寸前の三月二三日の大空襲のあと、壕を転々としたこと、最後、墓に入っていたところを米兵に見つかり、ジープに乗せられ収容所に送られていったことを思い出していく。

その間の出来事として、現地召集された父が帰って来なかったこと、弟が壕にいて砲弾の破片で頭に傷を負い亡くなったこと、同じ壕にいた子供の父親がその子を連れて出ていった後一人で戻ってきたこと、同じ壕に潜んでいた一家が、手榴弾での自決を決意し、維久子の家族も同意したが、手榴弾を手にいれることができず、決行できなかったこと、水が欲しくて壕を出たことで周囲の人々に咎められ、母に折檻され泣きわめいた途端、口にタオルを押し込まれ窒息寸前になったこと、壕の近くを、米軍の戦車が沖縄の民謡を流しながら通っていったこと、投降を呼びかけてきたこと、捕虜になり収容所へ運ばれていく途中、米兵が、幾度となく母親静子をジープから連れ出し、藪の中へ連れ込んでいったことなどを思い出す。

母親の件は、投降すると女性は、米兵の慰み者にされる、というのが決してデマではなかったということになるが、宮城は、その前に、「〝戦争負けたら、男は殺される、殺されなくてもコウグワンを切り取られる。女だけが船に乗せて連れて行かれてアメリカの兵隊に散々、乱暴されて弄びものにされる〟／この日本の兵隊たちの宣伝は、東京でさえ一般人は信じた。／〝アメリカは文明国だから、そんなことはしない〟――自由主義者たちの言葉は、中国で戦って来て、それを実際に見て来た、やって来たという兵隊たちの宣伝の前には、何の力もなかった。／沖縄は、到る所にそういう兵隊が入り込んでいて、宣伝したから堪らない。沖縄民族のお人好しと相俟って、指導の立場にある分別者まで信じ込んだ。兵隊たちが、自分たちの立場を重くし、権威づける不純な意図が包まれていることなど、微塵も疑わない、人のいい沖縄民族である」と書いていた。

宮城がそこで強調したかったのは、婦女暴行する米兵といった宣伝は、日本兵の「不純な意図」から出たものであり、「自由主義者たちの言葉」こそ正しいということだった。それにも関わらず、宮城は、米兵に連れ去られる母親のことを書いていた。それでは、デマが事実だったということになってしまう。

沖縄戦記には、米兵の暴行も、日本兵のデマも事実だったことがみえているし、宮城もそのことはよく知っていた。それが、作品ではうまく処理できてなかったということになるのだろうが、作品のなかには、何カ所かわかりにくい部分とともに混乱箇所があるように思われる。その一つに、維久子たちが入った壕について連載二七回目には「この第二の防空壕は、腰をかがまなければ歩けないが、奥行きが深くて、四人の家族には広すぎるくらいで、幅も、人間二人が並んで寝るのに十分だった」と記述していたが、そのあとの二八回目では「親子三人、水入らずの第二壕だったが、どうしても落ち着いていられなかった。浅くて未完成の上に、道から近く、壕の入口がむき出しに見えるからでもあった」となっていた。四人から三人への人数の変化は、父久一が前線部隊に戻っていったことによるものだが、先に「奥行きが深くて」と書いていながら、それが「浅くて未完成」となっているのは、混乱というほかないであろう。

「南部の場合」に続く「北部の場合」は、和江、浩一の出身地の戦争が取り上げられている。

北部へ配置された部隊は、独立混成第四四旅団、別名七〇七一部隊。山川和江の父達吉と今帰仁尋常高等小学校の上間訓導は、「部隊長殿のうちと慰安所を造るので、上間に班長を命ずる。山川は資材係りに任命する」と、けやき原曹長に命じられ、大工を集めて建築にとりかかる。南部に「砲弾の雨が」炸裂した二月二七、八日に「隊長の家と慰安所」が完成し、名護の料亭などからかき集められた女性たちが入ってきた。建築が終わって、大工は解散したが、二人はまた「功績名簿の作成」を命じられ、四月一日を迎える。二人は、兵隊たちと一緒に八重岳にのぼり「伊江島沖から名護湾外に一列横隊を作る軍艦を」目にする。そして名護湾に入ってきた「変な船」が、許田に上陸し名護の町に入るのを確認する。二人は、急造の機関銃隊に編入され「本部重機関銃隊」の一員となり、八重岳の守備に当たるが、米軍の進撃が激しく、夜陰に紛れタニュー岳に退却。その五日後、「百余名の少年兵を率い、名護を占領している米軍への切込みが」計画され、少年たちが出発していくのを見送る。

達吉、上間たちは、その後タニュー岳から高江、新川へと落ち延びていく。そこで食糧をめぐる諍いが起こり「日本陸軍の崩壊」を実感したことで上間は、達吉に家族のもとに帰ることを勧める。達吉は心が動くが、共に行動することを選ぶ。新川についた日の夕方、長浜上等兵は、三村中尉に「兵七名を連れて本島北端の奥字方面の敵状を捜索して来い」と命令され、出かける。

彼等は、安波から安田そして楚洲の近くのガジまできた時、暁部隊の上等兵と会い、彼から奥は完全に米軍に占領されていて、この先は危険であるということを聞き、引き返すことにする。その途中で、長浜上等兵が「もう任務は終わっている」として隊を離れる。上間と達吉は、そのことで三村中尉にどなられるが、もはや誰もが中尉の言葉にたじろぐことなく「心の中では舌を出していた」。新川の山の中から高江に移り、数日を過ごしたあと「七名の機関銃隊」は相談し、将校たちに内緒で、辺土名に向かうつもりが、直ぐに将校たちの知るところとなり、結局総員一九人で行動することになる。比地まで来て、避難民と接触、食糧を恵まれ、そこで避難小屋を作り、アメリカ兵たちの動きに注意しながらの生活を始めていく。達吉は、上間の建言で、平川大尉から除隊を命じられ、家族の避難しているところへ向かう。その途中、アメリカ兵が近くをパトロールしているのとすれ違い、藪にかくれ、手榴弾を手にし、彼等の一部始終を観察する。

家族のもとに辿り着いた達吉は、解散命令を受けて恩納岳から北部の山中を踏破してきた馨に誘われ、アメリカ軍の幕舎に忍び込んで、米軍物資を運びだし、親族に配る。日本が負けたことを知り、山中に潜む日本兵に知られないように、避難民と村への帰還を相談し、米軍と接触、交渉を始める。

一方、達吉が去った後の部隊は、そのまま、山に潜み、避難民の食糧を奪い、アメリカ兵と接触したものたちをスパイとして処刑し、「牛島司令官などの自刃から一月余も後」まで、アメリカ兵を待ち伏せ襲撃したりしていた。

「北部の場合」は、戦争が終わったあとも山に潜んでいた部隊の様子、除隊した達吉たちの動き、浩一たちの「私設の護国隊」の活動、山に避難していた村の人々の暮らし、そして中部から避難してきた稲子一家の生活を描いていた。

北部の山に避難した住民にのしかかってきた困難は、銃弾の中を逃げまどった南部の住民のそれとは大きく異なるものがあったとはいえ、敵兵だけでなく友軍と呼ばれた日本兵からも、スパイ視され命をねらわれ、多くの者が死んでいったということでは変わりはなかった。

「故郷は地球」で取り上げられた沖縄戦は、「南部の場合」および「北部の場合」とそれに続く「まけしゃも」「おかす者」「いのちえの道」「かなしき抵抗」「心の盲者」「生きるよろこび」ですべてが終わりというわけではなかった。南部の戦争、北部の戦争を描いたあと、「遺骨さがし」で舞台は南部へ移り、その後の「原始と文明」で再び戦争を取り上げていく。

宮城は「遺骨さがし」まで書いてきたあと「この調子でぺんを進めているとトルストイの〝戦争と平和〟などの三、四倍書きつづけて見てもやはり書き度りないこともあるであろう。／沖縄という新しく生れ変わったわれわれの故郷には、学者、評論家、そうして新聞、雑誌記者達の領分と異った、われわれ小説を書く者にも、聞けば聞くほど、見ていれば見る程、書き度いものが湧き出て来る。あれも書き度い、この問題も取り上げたい、と思うことが山をなしている」と嘆いている。そして、その一つだとして桑江稲子の母「雅子の従伯父の後妻である山城澄子の例を出そう」といい、彼女の体験を取り上げていく。

澄子は、「大里城趾の自然壕」から出て港川に向かい、そこで糸満方面が安全だと聞いて糸満を目指している途中、米軍の攻撃に遭い、山にのがれ「ヨナギ囲いの家」に入る。昼は戸棚の上に潜み、夜は庭のヨナギに登るといった日々を過ごしていたある日、米兵に発見され、港川に連れて行かれ、眼と尻を負傷していたことで、知念当山の病院へ送られる。病院で、死んでいく人たちや、「盲の女」「癩病患者」が食糧をもらいにくる姿を「印象にとめながら、六日目の正午すぎ」そこを出て、佐敷村字新里に向かう。途中百名で一泊し、その後、懇意にしていた女性たちに会い、フソザキで一週間ばかり過ごし、やっと新里に辿り着き、「米と布地類」を預けてあった「外間家」の家族を訪ねる。米は無くなっていたが、布地が無事だったことからモンペの上着を仕立てるといった生活が戻ってきたところで、北部の「長崎」への移動命令が出る。与那原まで運ばれて乗船し、大浦湾に入り、二見で降ろされ、それぞれ掘っ立て小屋を造り、暮らし始める。

澄子は、マラリヤを発病、それが良くなったところで瀬嵩へ向かい、「嫁ぎ先の本家の家族」と落ち合う。そこへ辺野古にくるようにとの伝言を持って知り合いの娘がやってきたことで、辺野古へ移動。さらに「姉妹同様に過ごしてきた母と娘が」金武村の惣慶漢那にいると聞いて、辺野古を出て、豊原、久志、古知屋潟原を通り、惣慶台地の「捕虜部落」の天幕の一つに住む母娘を訪問する。四月になって「元の居住地への復帰が許された」ので、大見武へ引き揚げ、五月末には新里の「外間家」からの使いが来て、連れられていくと、そこの「すぐ上の知念台地の入口には沖縄を治めるアメリカ軍政府と沖縄民政府とが移ってきて、万般の政治の機構が出来てその衝に当っている人々の立ち回っている姿」が生き生きとしているのを眼にして驚く。澄子もまた「沖縄民政府の職員に加えられて働く」ことになる。

宮城が、南部の戦争、北部の戦争のあと、さらに「澄子が体験した」戦争を付け加えたのは、総てが崩壊したあとに「万般の政治の機構」が整い始めていく、戦争から戦後の出発へという大きな繋ぎを考えてのことであったに違いない。澄子の戦争体験を書いた「原始と文明」の次の章「小さい叔父さん」からは、戦後編といっていいだろうが、沖縄戦についていえば、「澄子の体験した」戦争に限っても、「数千枚の作品」で書き尽くせるものではない、と宮城はいう。

沖縄戦については、書きたいことが山ほどあった。宮城は「わが沖縄の戦争はまだ十二年しか経っていないし、殆どすべての人が昨日のことのように記憶している。われわれは、若い天才たちが郷土から出て、この故郷の出来事を、歴史の他に、小説作品として人の眼や心に見せてくれる、世界の文学の仲間入りの出来る作品の生まれるのを祈ると共に、たとえ禿げたぺんの力でも私も書けるだけは書き度いと思う心が切である。また書かねばならない、と義務に似た気持にもずっと責められて来た。だが私はこの作品で、私のメモしてある何分の一も書けてはいない」と慨嘆していた。

③それぞれの出発

「故郷は地球」には、いくつかのわかりにくい点や混乱が見られることについては先にも触れたが、あと一つだけ取りあげておきたい。

宮城は、「原始と文明」の(二)で、澄子の体験した戦争を書いていくに際して「後でこの作品のほんとの主人公になる桑江稲子の母の雅子」と書いていた。それはのちのち「雅子」が主人公になるということだろうが、しかし、「原始と文明」の次の「小さい叔父さん」では、「桑江雅子の夫からは、本系の叔父に当る人」仲村春男が中心人物であり、その次の「ブラジル」では、浩一と和江、「生き抜く伯母」では、稲子の「二人の叔母」のうちの一人智恵子が、「二人の青年」ではブレンソン中尉と伊良波朝一が中心になっていくというように、各章ごとに中心人物が変わり、雅子が顔を出してくる場面は殆どない。作品の後半は、智恵子、稲子、浩一に絞られていって、雅子が主人公になっていくということはないのである。

宮城は、「原始と文明」を書いている時まで、別の筋を考えていたのではないかとも思われるが、作品は、作者の思惑とは異なり、雅子を主人公としない、展開を見せていく。書いていきながら「あれも書き度い、この問題も取り上げたい、と思うことが山をなしている」なかで、雅子を主人公にする物語は書かれることはなかったが、宮城が取り上げた戦後の主な出来事について言えば、ほぼ四つに集約できる。

その一つは、移民である。

浩一が、ブラジル行きを考えるようになったそのきっかけは、母の死因が戦争によるものだったことにあった。浩一の村は百個にも足りない戸数だが、「戦争で夫を失った未亡人は二十六人」「未婚で戦死した者が、現役防衛隊、護国隊、海軍、軍属、召集といったものを合して、四十人」あまり、その他「避難小屋で死んだもの、逃げるためにアメリカ兵にカービン銃で撃たれたものなど合せると、戦争のために、人口の五分の一ばかり死んで」いた。そのことを考えるだけでも「自分の子孫は戦争のない国で繁栄させてやりたい」と思う。そして「南米より外には、戦争の脅威のない所はない」と考え、ブラジル行きを決意するのである。

しかし、浩一のブラジル行きは、思わぬ反対にあう。かつてペルーに移住した経験もある叔父は、移住地の困難な生活をこんこんと説いて、浩一の決心を翻させようとするのである。浩一は、反対するのは叔父さんらしくもないといい、「南米には八十四歳の方さへ移住して行ったのです。沖縄に比べて他府県は土地も広いのです。だが、日本は狭いといって皆ブラジルへ移って行きます。僕とて故郷は愛しています。しかしいまの若い者が、沖縄を故郷と思って恋々としているのは、どうかと思います。この地球はわれわれの故郷と思わねばならない程今日では地球も狭くなっていきます」といい、叔父の説得をはねかえし、ブラジルに、妻・和江とともに渡っていく。「故郷は地球」という思いが表白された箇所である。

戦後の海外移民は、一九四八年、アルゼンチンに呼びよせ移民として三名が渡航したのが始まりで、「次いでブラジルも一定範囲の近親呼寄を許可するようになった」という。『沖縄大百科事典　別巻』の「沖縄・奄美総合歴史年表」を繰ると、一九五〇年八月三日、アルゼンチン呼寄移民一〇〇余人の出発にはじまり、四日後の七日、同じくアルゼンチンへ一四三人、五一年になって三月二五日、アルゼンチンへ三五五人、九月一七日、アルゼンチンへ一七八人、五二年二月四日、アルゼンチンへ七九人、五四年には二月一八日、ブラジルへ二五人、アルゼンチンへ四四人出発、六月一九日にはボリビアへ二六九人出発、七月一八日には、ボリビア移民一二九人、アルゼンチン・ブラジルへ四七人、一一月一七日にはアルゼンチン、ブラジルへ七〇人、五五年一月一七日には、アルゼンチンへ四一人、ブラジルへ一〇七人、一二月一八日には、ボリビア一二〇人、アルゼンチン一五人、ブラジル三四人といったように五〇年から五五年にかけて、南米へ数多くの移民が出発している。

浩一・和江夫妻の渡航は、そのような戦後の南米移住ブームと軌を一にしていたといえないこともない。

その二には、児童生徒の問題がある。

そこでは、児童の押し売り、嘘を平気でつくこと、学校荒らし、山学校アッチーといった低学年の生徒たちの問題が取り上げられていた。街を歩いていると、見知らぬ子が、何もいわずに、ポケットにガムなどを押し込み、その代金を要求するといったこと、子供たちが、親や先生を平気でだまし、それを当たり前だとしか思っていないこと、窃盗団を作って体操の時間など誰もいないのをみはからって教室に入り込み、金品を盗みだしていくといったこと、仲間はずれにされ、学校にいかなくなり、那覇市内をうろつきまわるようになっていくといったような事例があげられ討議されるなかで、ガム売りの子たちのうしろには、母親らしき人がいること、嘘をついて平気なのは、大人が平気で嘘をつくこと、学校荒らしを使嗾しているのは大人であること、山学校アッチーは、家庭に問題があるといったように、児童の問題は家庭や社会と大きく関わっていることが明らかにされていく。そして、そのような現象は「過度的混迷にある時代」が生み出していることが指摘される。そこで大切なのは、統治権はアメリカに委ねられていても、「われわれがアメリカ人ではなく日本人であること」を忘れることなく、「日本国民としての民主主義教育をおこなう」こと、さらには「平和な周囲を作るということが、子弟をよくする根本問題である」といい、「おまんちゅのためん　わがためとおもて　□肝いさみいさみ　尽しみしょり」の琉歌を上げ「わが沖縄の名のない住民の心から自然に発生した郷土民謡は、現代教育の一番新しい思潮である」としていた。

生徒たちに関しては、あと一つ、恋愛、結婚をめぐる問題がとりあげられていた。稲子は、三人の教え子花城緑、上原時子、前堂保子から、それぞれに「恋愛や結婚の問題」で相談を受ける。花城は、恋文を貰ったこと、母もそのことを知っていること、上原は、兄の紹介した人と結婚することを両親も承諾したが、相手の父親の政治的立場には同調できないことから、その人を断り、別の人と将来を誓ったこと、前堂は、花城の兄と婚約していて、今年中に結婚式をあげることになっているといった話が出て、稲子は驚くが、三人が三人ともに、しっかりした恋愛、結婚観をもっていることを知るだけでなく、彼女らの相手も立派であることを知って感嘆する。

宮城は、教え子たちがしっかりした考えを持っていることに驚く稲子を描いていくとともに、稲子の同僚である花城に「わが郷土の教職員の日頃を見出す」ことが出来るといい、「われわれの郷土の教職員は、他府県よりも遙かに不利の条件を持つのにそれを排除して、日本の新憲法と教育基本法の精神を把握していて、日本国民である郷土の子弟を他府県の子弟にひけ目をとらさないように、人権に目醒めさせ、世界の平和と人類の幸福を願うように自覚させるように努力しているのが、花城緑によってよく見取られるのである」と書く。そして「稲子は、先輩たちが努力してきた教育の効果に驚いているのである」と続けていた。

低学年の児童を扱った箇所と高学年の生徒たちを扱った箇所とでは、大きな違いが見られるが、それは、「教育の効果」が高学年になるに従って現れつつあることを示すためのものであったのではないか。そしてそれは、そうあって欲しいという宮城の夢が語られていたようにも思える。

その三は、風俗業である。

「風俗営業」「母ごころ」「誰が石を」「智恵子の論理」の四章は、戦後大きく変わった沖縄の世相を扱っていた。

「風俗営業」では、まず、アメリカの地名や世界の都市名、その他さまざまな名前のネオンサインが煌めく桜坂の様子が描きだされていく。そのような「植民地的特質」を丸出しにしている場所の一画で、沖縄の取材のため一時帰省している伊良波朝一が外語時代の旧友比屋根安信、真嘉比貞夫と出会い、沖縄論議をはじめる。そのあとやはり一時帰郷している小説家島袋清善に出会い、島袋にさそわれ翌日中部の街を訪れ、「生存擁護連盟」「米琉親和連盟本部」の看板を掲げて活動している我如古弥吉と会い、風俗業を始めとする基地問題に関する話を聞く。さらにそのあと「沖縄文化社」支局長をしている渡名喜守明を訪ね、やはり同様な問題について意見を交換する、といった三つの場面があって、最初の場面では、政財界のトップが、アメリカの権力を笠に着て私利私欲をほしいままにしていること、自分の意見に迎合しないものは反逆者として密告しているといったことが話題になり、そのような状態を批判していくとともに、沖縄県人の変化と風俗嬢たちの生態を取り上げていた。

次の場面では、「軍隊というものが駐屯しているからには、自ら進んで兵隊を相手にして社会の平和を保つことに役立っている妹たちのいる現在の沖縄を私たちは、肯定はしないまでもしかたないものと思って」いると風俗業を必要悪だと主張する我如古が登場。我如古は、そこで、この街の米琉親和連盟会員だけでも「三百五十軒、全県では七百五十と八百との間で、その一軒一軒に、風俗嬢たちが、最小限五人、多いところは三十人もいる。平均すると七八人だろう。しかし連盟会員になっていない業者もあるので、兵隊を相手にしている郷土の姉妹が、ほぼ一万人くらいいるのではないか」といい、「生存擁護連盟」では「どうしてもアメリカに頼って生存する他ありませんので、アメリカに敵対して生存の方策を無くするのに対抗している」という。我如古の現状を容認する姿勢に、島袋は複雑な思いをする。

最後の場面は、渡名喜が、我如古のやっている「生存擁護連盟」は「二十世紀後半の収納奉行節」であるといい、「収納奉行節」の一節「いぐまちえる収納奉行　いちやめんせーがかしらぬちゃー　さァみな応やッさめ　応やァさあすしがど　じんかねん儲きゆる　うばどう　うばどうすしや　ちびどう打たりんて　サァみな応やッさあ」を引き、我如古のやっていることは、この歌のようなもので「こんな滑稽なものが今頃通用する筈がありません。土地を接収されて困っている大多数の困苦を考えるのとはまる反対でその不満をおさえて、一部分の人たちが自分等だけ収納奉行に取り入って、いろいろのお土産を頂戴しようという唾棄すべき根性」だと批判する。島袋は、渡名喜の意見に同意するとともに、我如古の運動にも理解を示し、「正しい未来へ引きつけるよう、心を打ち割って語り、決して憎み合ったりはしないようにして」欲しいと建言する。

取材で来沖し、島袋に同行していた伊良波は、そのような三つの場面に接し「民族自決」の問題を頭に浮かべる。そして「民族自決」の思想を打ち立てたアメリカを尊敬することでは人後に落ちないが、沖縄を見ると、「アメリカの精神と矛盾撞着し、まるで反対に現れている」のではないかと思う。そしてその一つが「風俗営業」だと思う。

「故郷は地球」は、風俗業について、実に多くのページを割いていた。それは「兵隊を相手にしている郷土の姉妹が、ほぼ一万人くらいいる」と思われることでも、沖縄の一大問題だといえたし、戦後あらたに登場した風俗ということでも、見過ごせないものがあったことによっていよう。

宮城は「誰が石を」の章を「この項目は、アメリカ兵を相手にして生活している郷土の女たちの生態を書くことにする」と始めていた。

戦争で夫を失った稲子の叔母佐久川智恵子は、一人息子の宗一を育てるために、質屋を開業したが、人をだます悪いアメリカ兵が多くなったばかりか、質物の善し悪しの判断がうまくできないということもあって、「風俗営業」に切りかえることを決断し、バーを始める。バーの名前は、はじめから手伝ってくれた女給の名前をとって「真奈美」とする。

「バー・真奈美」のある一帯には、「六十軒ばかりのAサイン」が並んでいる。「Aサイン」は、米軍人、軍属へ酒類を提供するための衛生基準に合致した施設に与えられた認可証で、バー、キャバレー、クラブ等は青A、飲食店が赤A、原料店が黒Aの三種類があった。「Aサイン」制度が出来たのは一九五三年頃。当時、「Aサインの認可を受けたのは約三千軒」だったといわれる。

Aサイン通りは、毎晩、兵隊で溢れている。「バー・真奈美」には、九名の「人並みはずれていい器量を備え、立派な肉体を」もった娘たちがいる。作品は、その娘たちの過去と現在を洗い出しながら、特別ともいえる二人の生態を対照的に描いていく。

その一例が、律子の場合である。

律子は、ジョン・マッシーに夢中である。マッシーがあらわれると、仕事そっちのけで、すぐに部屋へ連れ込む。律子は、マッシーに乞われて、金を工面するため、智恵子に借金を申し込むが、その金額を揃えることができず、顔が腫れあがるほど殴られる。それでも律子は、マッシーのため懸命に、金を探してあげる。律子がマッシーのために懸命になればなるほど、マッシーは、律子が疎ましくなり、店に現れなくなる。ある日、マッシーが、別の店にいるということを聞いた律子は、急いで出かける。そこで女の子と一緒にいるマッシーを見つけ、自分の店にくるように催促するが、マッシーは、無視するどころか、女の子との中がいいことを見せつけ、いますぐここから出ていかないと半殺しにするとおどす。律子は、その言葉など耳に入らないかのように、近づいたところ、マッシーに殴り倒され、鳩尾を蹴り上げられ、気絶する。智恵子が呼ばれて、息も絶え絶えの律子を連れて帰るが、律子は、マッシーが悪いのではなく、自分が悪いのだと、マッシーをかばう。

米兵に、借金してまで金を貢ぐだけでなく、十日間の絶対安静を言い渡されるほどの痛手を受けても、なお米兵をかばおうとする女が、そこには描かれていた。

あとの一例は、律子とまったく異なる女を登場させていた。

蘭子は、マックフェリーのハーニーである。小さな家を借りているが、蘭子は、マックフェリーがいない間は、愛人を連れ込んで遊んでいる。たまに二人が鉢合わせしたりすることから、蘭子は、家を引き払い、智恵子の所に住み込み、マックフェリーには、旅館を使うのが何かと便利だと説得し、移転費用が必要だといい、彼に、金をださせる。蘭子は、様々な悪巧みをして、人のいいマックフェリーを翻弄するが、ある日、智恵子の部屋にきて、東京へ行くのだという。智恵子が、マックフェリーと一緒かときくと、そうではなく別の男と一緒だといい、金は、マックフェリーから搾り取った額で当分大丈夫だという。智恵子が、マックフェリーを騙したのかというと、蘭子は「ハーニーたち、アメリカーにやられるのも随分いるでしょう。誰でも搾ろうと思いながら、してやられるのよ。マックを騙し取ったからって、ハーニー族の習わしだからしかたない」と、言い放つ。

ここには、律子とは逆に、米人を騙して金をせしめ、遊び暮らす女が描かれていた。この二つの例は、極端な例だろうが、風俗嬢たちは、多かれ少なかれ、この二つのうちのどちらかに属しているると、宮城は見たのだろう。

その四は、土地問題である。

沖縄での取材を終えて東京にもどった伊良波朝一は、彼が属する出版社の雑誌に「沖縄の現実」という現地報告を発表する。反響が大きく、雑誌は増刷を決断する。

沖縄問題は、一九五五年一月一三日付け『朝日新聞』の記事によって火がつき、やっと日本国民の関心を呼び起こすことになるが、作品は、それから、一九五六年六月二五日の住民大会で決議された軍用地問題折衝団が上京するまでの経緯を追い、そのあと、朝一から稲子への手紙という形をとって、東京での出来事を記していく。

朝一は、沖縄問題で東京が騒然としていること、そして四人の沖縄代表団が東京入りした「一九五六年六月二七日は、郷土沖縄にとって歴史的の日」であるだけでなく、代表団を出迎えた顔ぶれを見れば、彼等の入京が「沖縄歴史ばかりでなく日本にとっても歴史的のこと」であるに違いないと記し、加えて四代表を迎えた在京学生たちの高揚感をうつしていったあと、私情としては二人の愛情について書きたいが、そのように日本中が沸きたっているなかで「のうのうと二人だけの心の問題を交わすということは、新しい意識に生きようという若い人の取るべき道ではない」といい、「僕たちのロマンは、故郷と共に、いや地球と共にと言わねばなりません」と、書き送る。

『沖縄戦後史』は、五五年一月一三日付け『朝日新聞』の「米軍の『沖縄民政』を衝く」が反響を呼び、講和発効後もいぜんとして「忘れられた島」であった沖縄の実情が本土に知られるようになったこと、記事はまたこれまで「孤立した闘いを余儀なくされていた沖縄の民衆にかぎりない励ましをあたえたこと」を指摘していた。そして、五六年の六月には、「沖縄人民は、戦後史上はじめて、歴史の主役としてその姿を地平にあらわした」といい、プライス勧告から、市町村住民大会の開催、四原則貫徹決議、四名の第一次渡日代表団の上京といった「沖縄人民の決起は、日米両国はもちろん世界各地に伝えられ、モスクワ放送もこれをとりあげた。まさに『爆発』

という以外には形容のしようがないかたちで盛りあがった。土地問題は、軍用地所有者の問題としてだけではなく、沖縄全人民の問題としてとらえられていた。これは過去一〇年の米軍支配に対する『島ぐるみ』の総反撃であった」と総括していた。

「東京の四原則」は、いわゆる「島ぐるみ闘争」として知られる時期の東京の動きを、新聞記事を追うかたちで書き上げていった章であった。

「東京の四原則」に続く最終章「沖縄の黎明」は、一九五二年の大統領行政命令から一九五七年六月五日出されたアイゼンハワー大統領の行政命令までの経緯に触れることから始め、稲子が、二年四ケ月に渡る教師生活に別れをつげて朝一の所へ行く前に、「毎年催される新聞社の新人芸能祭」に母と行ったこと、「四百年の伝統を持っていると伝えられていた与那原町の綱引き」に、那覇の小学校に勤めている大城維久子と一緒に出かけたこと、そのあと基地の街で行われる「エイサーコンクール」を見に行ったことが記される。それは、「東京へ出ると郷里へ帰るのは何年後か知れない。それに人生を共にする人の仕事柄からも、郷土をよく知って置かねばならない」という考えから出たものであった。

九月の末、稲子は、母をはじめ伊良波朝一の父母、叔母の智恵子、仲村家の人々、朝一の叔母の久田好子、大城維久子に見送られて、出帆する。

結婚式のあと新婚旅行、そして二人の新しい生活が始まっていく。

「故郷は地球」は、稲子が「沖縄の土地問題は、現地の米軍と琉球がわの相方の間に完全な了解が出来て妥結しました。地代も遠からず二倍に引きあげられることになりました」というラジオから流れてくるニュースを聞いて、「故郷の沖縄に黎明が来たのだわ、今晩は夫とふるさとを語ってお祝いをしましょう。故郷の沖縄を愛するにつけても、心を宇宙に持って、地球上はすべてわれわれ人類の故郷である、という広い心をわたしも養い」たいと思う場面で終わる。「故郷は地球」という題名の出所はそこにもあった。

稲子、維久子、和江の三名が卒業を前にして記念運動場から那覇の夜景を眺めながら、毎年、一度ここに集まりましょうと誓い合う場面から始まった作品は、和江はブラジルに、稲子は東京にそして維久子が沖縄にというように、別々に歩き出していくかたちで終わっていた。それはまさに「故郷は地球」であるという考えから出てきたものであったといっていいだろう。

四二〇回に及んだ物語は、戦争、敗戦、収容所生活、日本からの分断、異民族統治下の生活そして島ぐるみ闘争へと盛り上がっていった時代を映したものであった。そしてそれらを描き出していく手法は、先に発表した「東京の沖縄」とほぼ同じであったといっていいだろう。例えば「日記」や「手紙」を挿入する方法などがそうであり、さらには作者の語りが頻繁に見られること、そしてそれが極めて教訓的であるといった点であるが、「故郷は地球」では、「私」がたびたび登場し、注記、要望等を記していくといったかたちで、かなり自由な方法がとられていた。それが、作品を時に弛緩させることにもなっていた。

作品の完成度という点からすると、その評価は、かなり厳しいものになるだろうが、作品の背骨をなしている理想主義的な姿勢に、共感を覚えた読者も多いはずである。

④戦後風俗への関心

「故郷は地球」の連載を終えた翌一九五九年、宮城は『別冊週刊サンケイ』四月号に「Aサインの女たち」を発表している。

作品は、気のいいアメリカ人の軍属とハーニーを中心にして、バーで働く女たちの性風俗を描いたものである。

ハーニーは、軍属の男が、彼女の要求を何でも聞き入れてくれるのをいいことに、大金をせしめ、情夫とともに東京に出て行こうとしたところを逮捕されるというものだが、そのことを含め、他の女性たちとアメリカ兵との話も、「故郷は地球」の「誰が石を」「智恵子の理論」の二章を下敷きにしていた。

「誰が石を」「智恵子の理論」では、バーで働く女たちの来歴及び現状、風俗営業一般に関わる問題、その他のことがうるさいほどに書き込まれていた。さらに「お断り」として「この項目は作者として一段と慎重に書かねばならないと思っていたが、最近モデルがあるのかということを数人から訊かれた。真実性については作者に相当の自信はあるが、人物その他はすべて架空のことで、現実ではないということを改めてお断りして置く」といった作者の言葉が挿入されていたりして、ごたごたしていたが、「Aサインの女たち」は、焦点を絞ってすっきりしたものになっている。

「誰が石を」は、「アメリカ兵を相手にして生活している郷土の女たちの生態を書くことにする」といい、「わたしはAサインを営む佐久川智恵子の周にいる女の子たちをとおして、郷土の指導者や父兄、兄弟姉妹たちに、その実態を示して見たい。そしてその目的が幾分でも達しられて、皆が考えることになれば、幸いである」と書いていた。それからすると「Aサインの女たち」を発表したのも、同じ「目的」があってのことであったといっていいだろう。

「Aサインの女たち」から、教訓を読み取るのはそう難しいことではないが、腑に落ちない点がある。Aサインバーを経営する智恵子は、米兵たちと付き合い、掻爬を繰り返す娘たちを目の前にして「このパンパン女たちは人間の仲間だろうか。ほんとの人間なら、女体の中で最も神聖な殿堂である大事なところを、単なる牡に過ぎない下等な米兵たちの泥土足で踏みにじらすようなことはしないのだ。おまけにのべつ受胎させられては掻爬を繰り返している。顔や体は人に秀れて立派に見え、着飾って道を歩いていると、富豪の令嬢かと思われるが、することは明けても暮れても、女の生命線を兵隊たちに弄ばすだけしか知らない」と憤るが、女たちに米兵と接触する場を提供しているのは、ほかならぬ智恵子自身なのである。智恵子が、そのことに関して、少しも悪びれる様子がないのは、どういうことなのだろうか。

それにもまして、同じ題材を、同じかたちで再度扱ったのは不思議である。「Aサインバー」で働く女たちが、沖縄の現状を映し出すための絶好の素材であったことは間違いない。しかし、それだけの理由で、同じ素材になる同様な作品を書いたのだろうか。

宮城には大層律儀なところがあった。というよりも、いささか道徳的すぎる所があった。それは「誰が石を」によく現れていた。宮城は、「誰が石を」「智恵子の理論」で書き落としてしまったことがあったと思っていたのではないか。それは、他でもなく、お人好しのアメリカ人軍属をだまし、大金をせしめ、情夫とともに、東京へ飛び出していくというハーニーをそのままにしてはおけない、という思いである。

宮城が、あえて同じような作品を書いたのは、あくどいことをしたものには、それ相当の罰が待っているということを書き足さなければならないと考えたためだと思われる。

しかし、大衆誌の要望に応じて、読者受けする題材を選んで書いたといった見方もできないわけではない。宮城には、発禁処分をくらった小説や、「七人の女と署長」のような、習作時代の作品があることを考えると、好色小説への関心がなかったとはいいがたいからである。

6、『新沖縄文学』への登場

①「大東島昔物語」の発表

一九五六年初頭、三二年ぶりに帰郷し、「四ケ月を、戦禍に変貌した故郷をつぶさに」取材し、翌五七年一月から五八年一一月まで『沖縄タイムス』に「故郷は地球」を連載、そのあと間もなく、沖縄に居を移した宮城は、さっそく大きな仕事を二つ抱えることになる。一つは、沖縄県史の編纂委員としての仕事、あと一つは『新沖縄文学』小説部門の選考委員としての仕事である。『新沖縄文学』の創刊号が発刊されたのは一九六六年四月二九日。雑誌に、宮城の名前が現れるのは第二号、夏季特集号からであるが、以後小説部門の「選評」を受け持つとともに、エッセー、回想録、小説を精力的に発表していく。

宮城が、『新沖縄文学』に発表した最初の小説は、「大東島昔物語」である。一九六七年四月三〇日発行第五号、春季号に掲載された作品は、大東島の土地問題をとりあげ、島の苛酷な歴史を浮かび上がらせたものとなっていた。土地問題は、米軍との間だけで戦われているのではなく、本土の一企業との間でも必死の闘いが行われているのだということを示そうとしたかにみえる作品であった。

作品は、「神隠し」の島と神秘的に語られたりする島の話を聞くために、島を離れて沖縄本島に住む人を訪ねていく所から始まる。「私」が、その島に「興味を持った理由」は、「つい先頃から土地の所有権をめぐって、千古不斧の樹林に挑んで開墾して土地を耕して来た人たちと、Z製糖社という事業会社との間に、悶着が起きて」いて、東京の新聞にも、地元沖縄の新聞にも報道されてきたが、「私は、それによって、ことによるとこの島に五千人の住民が棲息するに至るまでには、他では見られない特殊な歴史が神隠しされているのではないかと思うようになった」ことにあった。

私は、約束の二時に、島の話をしてくれるという田代澄子の店を訪れ、最初に田代の母、そのあと小宮山篤太郎、上野芳子、田代澄子の順に話を聞いていく。彼、彼女らの話でよくわからなかった点は、土地問題を訴えるために島から出てきていた南北両大東島の代表に確かめるというかたちで、島の歴史とその問題の一部始終を浮かび上げていく。

田代の母の話は、彼女が島に上陸した一九一〇年の一二月から始まる。八丈島から帆船で一月半かかったこと、島は、八丈の人玉置半右衛門が見つけたこと、一一年、大東島で初めての子供が生まれたこと、一二年には台風で総て吹き飛ばされて飢えたこと、一九一四年にはチブスが流行し、夫をはじめ多くの人を亡くしたといった、彼女の身辺の出来事が中心をなしていた。

彼女の後を受けた小宮山の話は、大東島が、玉置以前に発見されていたこと、一八九九年玉置が日本政府から土地の貸し下げを受け、その年一一月玉置の郷土八丈から開拓団が大東島へ出発したこと、一九〇一年、移住者への耕作地の割り当て、一九一六年四月、玉置商会が東洋精糖と合併、一〇月には、東洋精糖が全事業を引きつぎ、一九二七年、東洋精糖はZ社に合併され、一九三八年には、Z社による大東住民の宅地取り上げ、一九四四年夏ごろから軍隊が上陸、駐留、四五年の沖縄戦で総てを失うまでの、開拓会社と関わりのある出来事を中心にしていた。

小宮山の後の上野の話は、一九一七年一二月、大東に向かったこと、その頃には、島の開墾がほぼ終わっていたこと、玉置の子供たちの落剥、玉置商会に代わった東洋精糖は、自由な渡航を許さなかったこと、「脱け船」と言われた脱出が行われたこと、牛馬がうらやましくなるほど働かなければならなかったこと、畑を広げ、甘藷を作れば作るほど、赤字が増えていったこと、東洋精糖に代わったZ社の横暴がいつまでもまかりとおるはずはないと歯を食いしばり頑張り、終戦の時には、借金を払い終わっていたこと、十八年ものあいだ「乾燥芋を汁沸かしにした」「カンモ汁」の生活をしてきたこと、沖縄本島からきた労働者は虐待されたこと、暴風対策で防風林を作っていったこと、会社は甘蔗の目方を誤魔化していたこと、働きつづけてきたために、腰の骨が曲がってしまったこと、戦争が終わって会社の人たちが引き揚げるという晩、送別会が行われたこと、その席上、会社の人たちが、勝手放題のことをしてきたとあやまったこと、戦後、廃墟になった島の復元に血みどろになって頑張っているところへ、またもやZ社の人たちがやってきたこと、しかし、廃墟と化した工場跡やススキに蔽われた土地を見て、Z社では、もはや復興出来るようなものではないと報告することで、会社は改めて工場を造ることは断念するはずだと、断言したこと、そのあと共栄精糖社の社長が来島し、Z社のような不正をなくし共存共栄でいくことを説き、そのことを実行したことで、やっと、人間らしい暮らしを手にすることができたこと、それなのに今頃になってZ社が「大東の土地を、取りにといってのこのこ」出てきたこと、「一坪の土地もZ社に渡してはならないと、皆で話し合って」いると、製糖会社とりわけZ社にいじめぬかれた開拓者たちの苦労話が中心になっていた。

私は、上野の話で「Z社が思う存分悪事を働き、その暴虐の事実を隠蔽していたのではないかという疑いを」持ったが、「無条件に鵜呑みにする訳にも」いかないので、その「具体的な事実」を後で見える予定になっている「南北両大東の代表」に聞かなければならないと思う。

上野の話の後、「南北両大東の代表」が見えるまでの間といって、田代が話し出す。田代は、「あの島を想うと、ただぞっとするばかりで、身慄いする」とはじめ、島には会社員、従業員、雇員、農民、労働者とれっきとした階級があったこと、学校でも「王様と奴隷の関係が」出来上がっていたこと、学問の自由さえ奪われたこと、スタインベックやチェホフやゴーゴリなら、「戦前のZ社専制治下の大東へ来て、大東を題材に小説を書くとしたら、どんなものが出来るだろう」と思ったこと、「Z王国の暴虐」を具体的に伝えるには、「大東のすべての組織を順序立てて解剖」

していく必要があるが、それは「両大東の代表」が来てから、皆で話すことにしようと、話を切り上げる。

「南北両大東の代表者」二人に「共栄製糖社の社員」一人の三人が見え、名刺を交換し、田代さんが注文してあった鮨を一緒にごちそうになったあと、私の質問に、代表者が答えるかたちで、話が再開する。

話は、玉置商店の誕生から東洋社、Z社そして現在の共栄製糖社へと代わっていった島の開拓の歴史と東洋社の暴虐、それに輪をかけたZ社の悪逆ぶりから、大東島の土地問題に移っていく。大東島の土地に関して、代表は「玉置に三十カ年の開拓期限で貸した書類」は、熊本の営林署で確かめられたが、「東洋社へ払い下げた記録や書類」は存在しないこと、東洋社を引き継いだZ社が、今ごろになって「再び大東島の所有権を主張して」きたこと、しかしそれは「父祖代々の世襲農地さえ、解放しなければならなかった農地制度から」推しても「問題のほかだと」思うこと、そして「われわれ沖縄住民は、祖国復帰という大前提を持って」いるが、大東島では、その前に「父祖が開拓し、また再びわれわれが今回の戦争による酷い破壊から復元して得た自分等の土地を名実共に自分等のものに設定しなければならない手近な問題を背負って」いること、「それについてわれわれは、われわれの背後に、郷土九十万同胞が見守っている温情を力強く思って」いるといい、話を結ぶ。

大東島の土地問題が浮上するのは、一九五一年七月、南北両大東島の村長は、米民政府と群島政府知事に、土地所有権について陳情、土地所有権に就いての申請書に、開拓以来の経緯を付記し提出、八月には二回目の陳情、一九五三年九月には第三回目の陳情、一九五五年二月には第四回目の陳情、一九五六年四月には第五回目の陳情、一九五九年七月から琉球政府、日糖社、地元側との三者会談がはじまり、一九六〇年二月第二回、三月一八日第三回、三月二二日第四回が行われ、六月キャラウェイ高等弁務官の南大東島視察のおり、土地問題の説明を行い「協力方を請願」、七月高等弁務官府から係官が来島、一九六一年六月には「南・北大東村の土地問題解決促進方に関する陳情書」を琉球立法院議会宛に提出、九月、米琉土地諮問委員会に「南・北大東村の土地問題解決促進方に関する陳情書」を提出、一九六二年一二月「民政府土地裁判所に於て開催される米琉合同土地諮問委員会」に代表を派遣、一九六三年一月、米琉合同土地諮問委員会の審議開始、三月、五月、六月、八月と相次いで審議され一九六四年七月「地元農民に土地所有権」が認定され、「一三年に及ぶ永い係争」に終止符が打たれた。

「大東島昔物語」は、まだ土地問題の行方が定かでない頃の時期を扱ったものであった。田代の母、小宮山、上野、田代そして代表者の話を聞き終わった私は、家路について門の前まできたが、そのまま家に入る気がしなくて、眼前にひろがる光景に見入りながら、その向こうに月に照らされているだろう大東島を思い浮かべ、「大東島よ！　永遠の栄光あれ！」という思いを胸にして立ち続けていた、と終わっていた。

宮城は、その後で、大東島の土地の所有権をめぐる問題は六三年七月に決着をみたことで「今日では、南北両大東島民にとって土地問題は、恩讐の彼方に消え去っているであろう」といい、「したがってわたくしの大東島昔物語は、その以前に、わたくしが大東島を勝手に想定して、書き上げてあった純然たる創作で、人物、ことがらなど実在の現実的歴史ではない。旧稿そのままで、表題に「昔」という一字を加えただけである」と「付記」していた。

「付記」からすると、「旧稿」が書かれたのは、少なくとも一九六四年以前であったということになる。作品が、土地問題を解決するため島を出てきた代表たちの話を聞くところで終わっているのは、そのためであったのだろうが、宮城は、何故書きあげてあった作品をそのとき発表しないで、土地問題が終結した後になって発表したのだろう。

作品は、「Z社」に対する、恨み辛みを語る人々の声を集めていた。そのことで「Z社」の反発を引き起こしかねない、というだけでなく、モデルの詮索がなされて、島の人々に累を及ぼしかねない恐れもあるので発表をひかえた、ということは考えられないことではない。宮城が、作品は「純然たる創作」であると、わざわざ断っているのも、その現れであろう。

しかし「大東島昔物語」は、果たして「純然たる創作」なのだろうか。土地問題が解決した後になって発表されたということからしても疑問なしとしないが、それ以上に、作者自身がみずから語っている言葉に、「純然たる創作」を疑わしめるものがあった。

作品は、田代の母、小宮山、上野、田代の話を聞いた後、寿司をごちそうになり、その後「大東島代表」の話があるということで、これからさらに数時間「大東島物語を聞くことが出来る。全く有難いことだ」と思ったといい、その後「絵空事の小説などつまらないが、東のはての、世界の深海である沖縄海溝のふちに浮かび出ている大東島、明治三十三年の今から六十年ばかり前までは、人足未踏の無人島だった不斧の原始林に、人間の意志が開拓を挑んでこの方の、人間の生命が月日の波に乗って来た歴史は、即ち歴史は小説より奇し、の言葉通り、きっと興味などといってはすまぬ深酷なものがあろうと、私はこの大東島の人たちに期待を深く持つのであった」と続けていた。

「絵空事の小説などつまらない」といい「歴史は小説より奇し」という。それは、「純然たる創作」という言葉を裏切っているとしか思えないが、例え「大東島昔物語」が「純然たる創作」であったとしても、宮城のなかに「絵空事の小説などつまらない」という思いが萌しつつあったことだけは間違いないであろう。

この言葉はまた、宮城が、「創作」者としての終焉を暗示する、象徴的な一語ともなっていたように思える。

②「マッキンレー号送還記」の発表

一九六九年、宮城は「大東島昔物語」に続いて同誌第一四号に「マッキンレー号送還記」を発表していた。作品は、アメリカ本国から強制送還される日本人の私が、同じ船に乗り合わせた日本人たちの来歴と船中での出来事を書いたもので、この作品にもまた「編集注」として「この作品は筆者が一九三三年四月に書かれた未発表の原稿です」という付記が見られた。

「マッキンレー号送還記」が書かれたのは、それからすると、三五、六年前のことで、三〇数年たった後の発表ということになる。三〇数年も筐底に秘されたのは何故なのか、という疑問がやはり出てくるが、これもまた、書かれた当時、発表をひかえさせるような事情があったのではないか。

「マッキンレー号送還記」に書かれていることといえば、密通相手の女に、さらに別の男がいることを知って、女を殺害し、強制送還されることになった男であり、飛び込み自殺をしてしまった老妻に残された夫であり、発明品の入ったトランクを盗まれたと大騒ぎをして昏倒、半身不随のまま糞尿にまみれた不如意の日々を送り、故国につく数日前死んでしまった男であり、隠し持っていたピストルを取り上げられた男であるといったように、あまり名誉ではない出来事の数々であった。

作品は、宮城がハワイに行き来した船中で見聞した出来事を脚色したものではないかと思われるが、関係者が生きている間は発表することをためらわせるものがあったに違いない。それにしても書いてから三〇数年後になって、発表するというのは、何か、動機がなければならないはずである。

宮城は、真珠湾爆撃以前二度ハワイに渡っていた。一度目は一九二七年、二度目が一九三五年である。二度目になる一九三五年の六月二五日、『日布時事』は「宮城久輝氏が新進作家になって再来布す　創作資料収集のため」の見出しで、宮城の来布を報じているが、そこに「氏は目下『プレジレント・マッキンレー号送還記』といふ題で創作執筆中である」というのが見えている。宮城が注記しているように「三三年四月に書かれた」というのはともかく、二度目の渡布前には、構想が出来上がっていたことがわかる。

宮城は、一九七一年になってあと一度、ハワイに出かけている。三度目のハワイ行の計画がいつ持ち上がったのか判らないが、「マッキンレー号送還記」の原稿を筐底から取り出してきたのは、その時ではなかったのかと思われる。かつてハワイへ小説の取材に出かけたことが思い出されたばかりでなく、その時書いたままになっていた原稿の発表を思い立ったということは十分に考えられることだからである。それは、『新沖縄文学』一九七二年第二三号に掲載した「ジャガス――ハワイへ先駆した同胞へ贈る―」についても言えることである。

「ジャガス」は、一九三四年一二月号『三田文学』に発表されたもので、ハワイに取材した最初の作品であった。「マッキンレー号送還記」そして「ジャガス」の『新沖縄文学』への掲載は、ともに三度目の渡布を思いたったことが引き金になったのではないかと思われるが、それらの発表はまた、宮城の小説家としての終焉を告げるものでもあった。

「マッキンレー号送還記」「ジャガス」の前に発表されていた「大東島昔物語」の後、宮城は、新しく書き降ろした小説を発表した形跡がない。昭和初期から、戦時期の空白をはさんで、戦後六〇年末まで小説を書き続けながら、最後の小説となったと思われる作品「大東島昔物語」に「絵空事の小説などつまらない」といい、「歴史は小説より奇し」と書いたのは、あまりに符節を合わせすぎたとしかいいようのない終わり方であった。

③応募小説の選考

日本政府総理府の発行した身分証明書を見ると、宮城は、一九五八年三月二七日付け内閣総理大臣岸信介記名で、「永住の目的で南西諸島へ渡航する」ことを許可されている。そして、一九五八年四月五日に那覇に着いていて、同年八月一一日には、「琉球住民としての資格を取得」している。

『別冊週刊サンケイ』に発表した「Aサインの女たち」は、「琉球住民としての資格を取得」した後のものであったわけだが、それは、一九五六年一月、沖縄に「上陸を許可」され、「故郷は地球」の取材をしたときに聞いたのを元にしていたはずで、「琉球住民としての資格を取得」した後に取材したものではなかった。

一九五八年四月「永住の目的」で那覇について以後、一九六三年四月、沖縄県史編集審議会の委員になるまでの宮城の経緯は不明だが、一九六六年七月には、沖縄タイムス社発行『新沖縄文学』第二号の「選評」欄に登場し、以後、一九七四年一月発行、第二五号まで『新沖縄文学』の創作部門の選者を勤めている。

『新沖縄文学』第二号は、「夏期特集号の選考を終えて」として、小説、短歌、俳句部門のそれぞれの選考評を掲載している。そこで宮城は「野心もち栄冠めざせ☆……正しく見、正しく考え、正しく判断……☆」と題し、創刊号に発表された嘉陽安男の「捕虜」評から始め、二号に掲載を決定した星雅彦の作品「傀儡師」を取り上げていた。

「捕虜」について宮城は、嘉陽のこれまでの作品は、文才、器用さを感じさせはしたものの「本当の文芸作品にはほど遠」いものがあり、そのままで終わってしまうのではないかと思っていたが、「捕虜」は、そのような考えを打ち破ってくれたといっていいもので、「日本文壇の新進や中堅、或いは大家も時おり執筆する文学界や群像などにでる数々の作品に立派に肩を並べるもの、中央作家の目に触れたら、取り上げてくれる可能性のある作品だと思っている」と賞賛し、あと少し突っ込んで書いていけば「いつかは必ず日本文壇に認められるものと信じ、且つ期待と祝福を送る」と述べていた。

「南の傀儡師」については、「才筆が惜しまれた」といい、「作者は才文に富んでいるが、心掛けがイージーに見えた」と評し、次作は「突っ込んでいいテーマを取り詳細に、且つ彩色すぐれたものを生んで欲しいと」述べていた。

宮城の「選評」は、作品評はともかく、小説を書く心構えを説いている点に特質があった。例えば「小説作品、いわゆるいう創作を書くということは、大変な心組み、並大抵の意志力では出来ない誠に難しいことであることをよく認識して欲しいことだ。ちっとくらい文才があると自負して書き飛ばして、創作になっていると思っては大間違いである。難しさの波、したがってその反面の悦びの大きな波を繰り返しくりかえし努力してやるべき仕事である自覚を強調したい。ほんといえば時には生命を賭けている気持、それに伴って喜びも生れるのだが、興味にまかして書いても物にはならないということを自得して、書いて貫いたい」と説き、「一つ日本中を驚かしてやろう、世界の国々に翻訳されるものを目がけようという野心をもって」書いて欲しいといったことを述べていたのである。宮城には、小説を書く者たちを応援したいという強い気持ちがあった。それだけに、小説を書くうえでの基本的な姿勢について、くどいほどに書き連ねてしまうといったことがあった。

そしてあと一点、これは宮城自身「蛇足かもしれないが」としているが、「長年創作に苦労して来た久米島の宮里静湖氏など力作を本誌に発表して欲しい」と、呼びかけていることである。沖縄出身の戦前派の作家には宮城をはじめ宮里静湖、伊波南哲、石野径一郎、與儀正昌などがいた。宮城が、伊波や石野、與儀にではなく宮里に呼びかけたのは、彼が、郷里久米島にいて小説を書いていたことを知っていたことによるかと思われるが、いわゆる創作に手を染めようとしている者たちばかりにではなく、戦前から創作活動していた者にも、寄稿を呼びかけていたのである。

宮城に呼びかけられた宮里はさっそく作品を寄せていた。三号に掲載された「異国の丘」がそうだが、宮城は「巧い〝異国の丘〟」と題し、宮里の作品を「無条件責任推薦した」こと、「うまさに敬服させられた」こと、「そのペンの運びを習いたいと思った」といったことを書いていた。宮城が、宮里の健筆を喜んだのは間違いない。

一九六七年冬期号第四号は、大城立裕の「カクテル・パーティー」を掲載、選考員の一人嘉陽は、「この一作が、『新沖縄文学』一年間四号の成果と言って良い。これに比べると、他の作品がみんな色褪せて見えたことであった。今期号の応募作だけでなく、これまでの作品を含めてである」といい、船越義彰は「今期作品中の白眉」で「おせじでなく新沖縄文学創刊以来の傑作であろう」といい、池田和は「この小説は、戦後の沖縄で書かれたもののなかでは、もっともすぐれていると云っても、けして過言ではないと思う。これこそ芥川賞の対象となり得る小説である」と絶賛していた。宮城も「カクテル・パーティーは文章道を自得している人の作であることが、最初の二、三枚よんでも、はっきりわかる。いわゆる読ませる。読むことができる作品で、新沖縄文学誌の真価を発揚させる期待をもたすものである」と他の選考員と同様評価していた。

宮城の関心は、しかし「読むことができる作品」にはなかった。というより、「文章道を自得している人の作品」については、何もいう必要はないと考えていたのではないか。宮城は、文章の書き方の基本を説くことが、選考員の役割だと考えていたふしがある。

「カクテル・パーティー」を評価しながらも、「この作品については、批評を控えるが、他の作品については意見を述べることにする」といい、「それはこれから応募を考えている人たちや一般の読者にも参考になると思うので」として、ノンブルを振ることや誤字といった初歩的なことを説くことからはじめているのである。

「カクテル・パーティー」は、池田が「芥川賞の対象となり得る小説」だと指摘していた通り、対象になっただけでなく、一九六七年第五七回上半期、芥川賞を受賞。『新沖縄文学』の存在とともに、沖縄の文学を認知させていく大きな契機をなした作品であった。

宮城は、第五号の「選考評」では、「応募原稿の全部を一通り見た」と、選考員としては当然のことを前置きしながら、個々の作品評をやめ、「構成、取材、内容などの高度なことをいう前に、まず、言葉遣いだけは、読む人が分かるように、勉強して貰いたい」として、「読んでわからない言葉や表現」を例示していくが、その前に、石野径一郎を例に、彼が、語彙の少なさ、言い回しの下手さ、「半ば方言を翻訳しなければいけない不利」等を克服するために、「熱心に勉強していた」こと、彼に刺激されて「現在も、巧い言葉遣い、巧い表現を雑誌や本などから書き出し、それを時どき復習して、人が読んでわかる文章をかくようにしたいと思っている」と、宮城自身がやっていることを紹介するとともに、小説を書く者が努力すべき事柄について説いていた。

宮城は、第七号で「わたしの選後評は、選考委員会でのほかの選考委員の意見とは、可なり異なっている。選考に当ってあまり厳しくすることは、せっかく志している人たちの芽をつむことになるように思い、厳しすぎた態度が、これまでの応募者の人びとの意欲をそいだのではないかと反省し、また個人的な忠告もあったからである」と反省していた。宮城の選考評が、他の選考員の選考評と異なるのは確かだが、それは、しかし決して「厳しすぎた態度」にあったのではない。「個人的な忠告」があったとはいえ、基本的なことを注意しているのであって、むしろ親身な評であったといっていい。

宮城の評が他の選考委員の評と異なるということでは、応募作品のそれぞれを取り上げて評することをしてなかったという点にあるかと思うが、第七号では、その点を修正しようとしたかのような姿勢を見せていた。しかし、第八号では「個々の作品の評は書かないことにする」といい、「今後の希望を皆に強調することにしたい」と述べていた。

宮城が、選考評を寄せたのは、一九六六年夏期特集号第二号から一九七四年第二五号までであるが、彼の選考評の特色は、第二〇号の「自信過剰を捨てよ」や第二四号の「まず初歩的なことから」によく現れていたといえよう。宮城の「選考評」は、常に、創作態度や小説の基本的な点について、伝えようとしたところにあった。

宮城は、『新沖縄文学』の選考員を勤めたばかりではない。一九七〇年から七九年まで「九州沖縄芸術祭」の地区選考委員も勤めていた。『九州沖縄芸術祭作品集』には、選考評は見られないが、宮城が、沖縄地区の選考評を担当していたら、『新沖縄文学』の選考評と同じような論調になったであろう。

④「文学と私」の連載

宮城は、『新沖縄文学』の創作部門の選考委員を勤めるかたわら、一九六七年一一月発行第七号から「文学と私」の連載を始めていた。宮城の「文学と私」の連載企画がいつ浮上したかわからないが、そのきっかけを作ったのは一九六六年九月発行第三号に掲載された「後悔先にたたず」であったのではないかと思う。

三号は「私の文学風景」として大城立裕、あしみねえいいち、新垣美登子、嘉陽安男、船越義彰らが、それぞれ歩んできた作家への道について書いていたが、宮城のそれには、大正末から敗戦直後にかけて文壇、論壇をリードしてきた雑誌を発行していた会社の編集部に一時期文芸担当記者として席を置いていたこと、また東京の雑誌に作品を発表し、新進作家として迎えられたことがあったといったことが書かれていた。

「文学と私」の連載は、宮城自身が言い出したことでないのははっきりしている。宮城は、「後悔先にたたず」を「わたくしは、敗軍の将兵を語らずの諺の気持で、なるべく文学を公に語るまいと思ってきた。ことに自分の文学歴などということは、夢にも想ったことがない。したがって、あまり固辞するのは依怙地にすぎるうらみもあるので、恥をしのんで、貧弱な文学歴をかくことにする」と始めていたからである。「語るまい」と思いながら、「あまり固辞するのも」失礼にあたるのではと「恥をしのんで」書かれた文学歴は、「貧弱」どころか、寄稿を依頼した者を驚かすに十分の内容をもっていた。そこで、連載をということになったのではなかろうか。

「私と文学」の連載一回目は、教員時代から作家になる夢を抱いていたこと、折口信夫を案内した時、そのことを彼に話したこと、上京して改造社の編集局に席をおいたこと、そして改造の創作欄に名を連ねた作家たちや、改造社が招聘した外国の著名人たちについて触れていた。そこにはまた、『改造』の競争誌と目された『解放』の懸賞創作に池宮城積宝の「奥間巡査」が当選したことが取り上げられていて「中央の営業雑誌に、沖縄県人で最初の創作発表は、『奥間巡査』ではないだろうか」といい、池宮城の「才文、偉さ」を賞賛していた。池宮城は、やがて広津和郎の「さまよへる琉球人」のモデルの一人として登場するが、当時はともかく、一九六〇年代後半には、ほとんど忘れ去られていたのではなかろうか。

沖縄の近代文学の研究がはじまっていくと、にわかに注目されるようになるが、宮城の紹介は、その走りをつくったといえないこともない。

第二回目は「『改造』の会の人びと」の副題がついていて、『改造』に席をおいていた人々の紹介をしていた。改造社には著名な作家や研究者、編集者がいたことがわかるだけでなく、比嘉春潮や永丘（旧姓饒平名）智太郎といった沖縄出身者そして石塚一徳、山本一樹といった沖縄と関わりの深い社員がいたということや改造社社長の山本実彦がやはり沖縄にいたことがあるといったことがわかるものとなっていて、昭和戦前期の日本の代表的な雑誌が、より身近に感じられるものとなっている。

第三回は、「関東大震災まで」の副題で、宮城の駆け出し時代を書いたものである。最初に訪問したのが山川均、次に訪問したのが阿部次郎であったこと、著名な寄稿家の私邸や滞在先への訪問をしたこと、そして大震災さなかの出来事が記されているが、そこに雑誌が校了した夜は、社長に率いられ食べ物屋にいったこと、社長の山本の唯一の隠し芸に「シュリカラチョーシガカマイチュター」（首里からやってきたが、かま子ちょっと出てくれ）があったといった、興味深い挿話がみられた。

第四回から第九回までは「大正末期、昭和初期の文壇」の副題で、宮城が原稿の受け取りや依頼のために訪れた、当時活躍していた作家たちについて、第十回は「大正末期―昭和初期の論壇」の副題で、やはり宮城が訪れた学者、社会運動家から囲碁や将棋の名人にいたるまで当時活躍していた人々を取り上げていた。

谷崎潤一郎、佐藤春夫そして里見弴といった大家たちに就職の面倒や友人の紹介、さらには師事した日々のできごとを記した箇所を読んで、『新沖縄文学』の創作欄に掲載されるのを夢みて創作に励んでいた多くの投稿者は、目を見張ったのではなかろうか。それは本でしか学んだことのない作家たちを身近に感じさせるものであった。

第一一回目は、『新沖縄文学』が、抹殺宣言をしていた広津和郎の「さまよへる琉球人」を掲載したこともあって、「文学と私」も、「広津和郎さんを憶う」の副題で、広津との出会い、親交、広津の父で明治の文豪柳浪のこと、「さまよへる琉球人」のモデルのこと、広津の出版業のこと、松川裁判のことなどを書いていた。

第一二回目は、「大正末期―昭和初期の文壇（総纏め）」と副題し、これまでとりあげてなかった野上弥生子、岡本綺堂、宇野浩二、藤森成吉、室生犀星、豊島与志雄といった作家たちに触れたあと、文壇が新感覚派からプロレタリア文学派へと移っていく様子や『改造』の創作募集などについて触れていた。

第一三回は、「あるエピソード」の副題で、葛西善蔵について回想した一章で、世に言う「破滅型作家」の生態が浮き彫りにされていた。

第一四回（雑誌は連載13）は、「昭和初期の新人苦難時代」と副題し、自作の「樫の芽生え」を抄録するとともに、「文学志望苦難時代」にあって窮乏し、ハワイのドクター又吉に援助を申し出たところ、快諾してくれたことなどが書かれていた。

第一五回（雑誌は連載14）は、「改造時代の思い出」と副題にある通り、『改造』の編集部時代のことを書いていた。

第一六回（雑誌は連載14）は、副題なしで「改造社在勤時代と退社後と再度のハワイ旅行の思い出」を書くとともに、自作の「三等渡布記」の最初の部分を採録していた。宮城はそこで「文学と私」を書くにあたってはとして、「主題は、わたくしが中央文壇に半歩くらい踏み入れた具体的な当時のわたくしが要求されたのであるが、わたくしは、自分自身を引き裂いて見る力の難しさを考える前に、これという文学的の仕事をしていないことを恥じて、若い頃の当時の日本のマスコミに活躍していられた方がたと接触した事実や印象をずっと書いて来たのである。これから後も、わたくしには、文学について自慢話をする何物も持っていないので、文学というものによって、わたくしはどういう影響を受けたかということだけを書くつもりである。そうは言っても、何か書いたことのある事実は、言わねばならないこともあろうが、しかしこれは自伝という大それたことではないつもりである」と書いていた。宮城が、決して偉ぶることのなかったのは、「文学と私」の随所に見受けられるが、ここには、それが「自己卑下」といってもいいほどのかたちで現れていた。

第一七回（雑誌は連載15）は「ハワイの思いで」と副題し、さらに「ホノルル移民局」「キラウエア火山」「ハワイ島一周」「仁盛さんと渡具知先生のこと」「ホノルル回想」と小見出しをつけ、ハワイに遊んだ日々を回想するとともに、一九七一年七月「三十六年振り」に訪れたホノルルの変貌についても触れていた。

第一八回（雑誌は連載16）は、岸田劉生のことからはじめ、有島武郎、ドストエフスキーに及び「わたくしが沖縄に住みつくようになった後、曽つて改造編集部の一員として、執筆依頼のために時折り親しく訪問した方たちの訃報が次々に伝えられる」として、長谷川如是閑の訃報に接して「日本の文化の中に高く聳え立った巨木が倒れるような感じがした」といった述懐や、自作に対する評価もかかわってきたこと、そして懇意にしていた里見弴の奥さんが自動車事故でなくなったことを書いていた。

第一九回（雑誌は連載17）は、息子宮城竜一郎の死を悼んだ章で、宮城は、息子の死をさかいに「心は暗黒の世界へ、体もふやけて、わたくしの生きて行く甲斐はないと思うようになっている」と、深い悲しみの限りを尽くした文を書き綴っていた。

第二〇回（雑誌は連載18）は、「編集の都合で、主題の文学とわたしの項を終ることになった」として、「新進作家」として共に出発した森敦が芥川賞を受賞したことからはじめ、自分の創作歴をたどり、牧野信一の「樫の芽生え」評を紹介、最後に竹林夢想庵を取り上げ締めくくっていた。

一九六七年から一九七四年まで長期に渡って連載された「文学と私」は、宮城の文学歴とともに、大正末から昭和初期にかけて活躍した作家のほとんどが取り上げられていて、いわゆる中央文壇を身近に感じさせるものとなっていた。宮城が、作家になるためにどのような努力をしたか、そしてどういう作品を書いて、どのような評価を受けてきたか、はじめて知った読者も多かったのではなかろうか。また「文学と私」を通じて、文学史では知ることのなかった作家の素顔に触れたのもいるはずである。

7、沖縄県史の編纂事業

宮城は、「文学と私　連載13　―昭和初期の新人苦難時代―」で、生活に困窮し、ハワイ島ヒロで病院を開業しているドクター又吉に、半年間の生活費援助をお願いし、快諾されたといい、その後に、「現在やっている仕事が、六月には出来上がるのでこれを第一番に御送りして、これまでの自分の人生行路と、ダクターの恩愛を忘れていない情を語るつもりであった」と書いていた。

「文学と私　連載13」が発表されたのは、一九七一年八月だが、原稿は、六月以前に書かれていたのではなかろうか。宮城がそこで「現在やっている仕事が、六月には出来上がる」といっている「六月」は、一九七一年六月のことだからである。その「仕事」というのは『沖縄県史9　沖縄戦記録Ⅰ　各論篇8』のことである。

『沖縄県史9　沖縄戦記録Ⅰ　各論篇8』が刊行されたのは、一九七一年六月三十日。宮城が書いている通り、六月には刊行されている。宮城が、「沖縄戦記録Ⅰ」の仕事に着手したのは「一九六七年の十月」からである。

宮城が、沖縄県史編集審議会の委員になったのは、一九六三年四月である。一九六三年二月八日発行『広報　第十二号』は、「琉球政府行政組織法（一九六一年立法第百号）第九条第一項の規定に基づき、沖縄史料編集審議会設置規則を次のように定める」として、同規則を掲載しているが、その第一条に「沖縄県史の正確な編集に資するため、政府に、沖縄県史編集審議会（以下「審議会」という）を置く」といい、続いて第二条には「審議会は、行政主席の諮問に応じて、次の各号に掲げる事項について、調査審議する。一、沖縄県史の編集計画に関すること。二、資料の収集計画に関すること。三、資料価値の検討に関すること」とある。

一九六三年四月二日にはさっそく文教局長名で「県史編集審議会開催について」として、四月八日午後二時から琉球政府第二庁舎会議室で、辞令交付式そして県史編集計画の立案その他を行う旨の通知がなされている。四月二日付け「文教研第五号」には、誰が記載したのかわからないが、ガリ刷り文面の中ほどに、ペン書きで「委員」として、仲山盛茂、親泊政博、山城善三、金城増太郎、富村真演、豊平良顕、源武雄、稲村賢敷、島尻勝太郎、宮城聡、徳元八一の名前が記載されている。

一九六三年九月三日には、「審議会の改組」や「県史編纂の大綱」などが審議され、県史全二一巻の発刊、各論編では戦争編を三巻（上中下）にすることなど、意見の一致をみたことが報告され、一二月には「1編集趣旨」「2　郷土史編集室設置について」「3　県史編集の大綱について」「4　編集について」「5　編集目標」の五項目からなる「沖縄県史編集計画についての答申」がなされる。

「沖縄県史編集資料　一九六四年〜一九六五年」を見ると、沖縄県史編集審議会委員に先の一一人に加え、与那嶺松助、真栄田義見、長浜真徳、外間守善、阿波根朝松、池宮城秀意、川平朝申が加わり、「年次発刊計画」が報告され、一九六九年度に戦争編三巻の刊行があがっている。

同資料にはまた、「戦争編編集小委員会の審議経過の概略」の見出しで「第一回　六月三日（第九回県史編集審議会編集小委員会）」の記録が収録されていて、「方法について」「記録編執筆者（予定）」

についての記録が見られる。

「方法について」では「1、通史は沖縄戦を世界大戦の一環として書く（世界史あるいは日本の太平洋戦争と表裏したもの） 2、記録編は、戦争突入前の沖縄の戦時態勢の模様、県庁内部の事情、教育界の情況、疎開先での模様、それに沖縄戦における各地の戦闘模様、避難・収容所生活のことなど、戦争の全貌をつかめるような体験記を集大成する」ものとされ、「記録編執筆者（予定）」として仲宗根政善、金城和信（夫婦とも）、山川泰邦、新城力、伊集盛吉、板良敷朝基、浦崎純、徳田安全、喜屋武真栄、高良鉄夫、中山興真、冨原守義、山城篤男、宮里誠輝、牧港篤三、太田昌秀、外間守善、外間正四郎、平良幸市、大城立裕、嘉陽安男、船越義彰、小波蔵政光、城間朝教、田名そうとく、有銘、仲嶺、村上（大尉）、吉川、矢原といった名前が挙げられている。

第一回に続いて、八月二七日に行われた第二回（第二十回県史編集審議会編集小委員会）では、「執筆者について」は「通史編・記録編の執筆予定者に集まってもらって、そこで検討する（通史編、記録編の内容について）」ことが話し合われ、九月五日（第二十二回県史編集審議会編集小委員会）に開かれた第三回では、沖縄戦に関する著書を刊行した人々に集まってもらって、執筆者を選定して頂いたら、として、「戦記著者」の名前があげられている。そして一〇月三日の「第二回琉球史料研究会」で、「通史編執筆者の選がおわった」として、章ごとの執筆者が発表されていた。

一九六六年一月一八日には「1、記録編（二冊）の編集方法」について、第一冊を「記録編――個々人の体験記」、第二冊を「戦記の抜粋及び写真特集」にすること、そして「体験記を依頼する場合は、あらかじめテーマを明示すること」や「地域代表（例、当時の市長村長）に体験記を依頼すること」といったことが話し合われ、二月一八日には「1、地域座談会の方法として　各市町村役所と打ち合わせて必要な手順を決め、後日座談会を開催する方法をとる。2、記録の正確を期するためメモとテープレコーダーを併用する」といったことが話し合われている。

「沖縄県史」のなかに戦争編三巻を入れることから始まり、その編集方法や執筆者に関する検討が「戦争編小委員会」によって何度もおこなわれ、段々とその方針がかたまっていく様子が、「県史編集審議会関係書類」からわかる。そして、第九巻戦争記録編の作成に当っては宮城が、史料編集所長名嘉正八郎とともに担当することになり、「一九六七年の十月」から「沖縄本島の南端の島々を回って座談会を開き、その話をテープに収めて」いくことになる。

宮城が名嘉とともに、戦争体験者の座談会を開き、体験談をテープに取り始めたのは、六六年二月一八日の審議を踏まえてのことではないかと思われるが、名嘉の「追憶の苦しみ」によると、「沖縄戦記録Ⅰ」の担当者として、「審議会側から宮城聡、琉球政府側から」名嘉が決まり、村を訪れ、体験者の話を聞いていくうちに、二人は「座談会形式で事実を発掘する以外に方法はないと考え」るようになり、集めた「資料をもとに、沖縄戦の庶民の記録を座談会形式で採録してはどうかと提案し、企画小委員会の了解」を得た、という。とすると、六六年二月一八日に行われた審議は、何だったのだろうか、という疑問がでてくるが、考えられることは、二月一八日の審議を踏まえて、宮城と名嘉が、座談会を開き、体験談を聞き取る仕事を行った結果、それが最良の方法だということを確認し、改めて提案し、了解を得たということなのかもしれない。

宮城、名嘉の提案は、しかし「緊急審議会で審議が行われるまぎわに、立案に疑問が起こった。それで問題はふりだしにもどされて、審議がくり返されることになった」という。名嘉は、そのことについて「どういういきさつか、部外者によってわたしたちの座談会方式の不可を主張する新聞投稿などもあった。疑問とされたおもな理由は、二十数年の歳月によって体験者の記憶がうすれて、正しい記録は得られない、現存する記録が正しい、これに依存して編纂されるべきだ、さらに原稿応募がよくはないか、だいたいそういったことであった」という。宮城と名嘉はそのような編集見直しの意見にたいし、「いろいろ理由をあげて説明し、結局、委員がわたしたちの主張を認めた。とくに戦争体験者である豊平委員長はわたしたちの提案を支持され積極的に推進してくださった」といい、「そして一九六九年八月四日、規定どおりの案を屋良主席に答申して、ようやく取材を再開し」「一年間の空白を埋めるために星雅彦氏の協力を求めることになった」と書いていた。

一九六九年八月四日の行政主席宛「沖縄県史第9・10巻（沖縄戦記録1・2）の編集要項についての答申」は、その3「沖縄戦記録1の執筆者」として「座談会は、各々下記執筆者の簡単な説明を加え記録と説明とを明確にします」とし、宮城聡（県史編集審議会委員）と星雅彦（作家）の名前を記していた。

さまざまな紆余曲折を経て、一九六九年八月以降「沖縄戦記録1」の編集作業が本格的に始まっていくことになるが、宮城は、各村で座談会を開き、録音テープを取り、それを「毎日、長い日は六時間の睡眠以外」原稿にしていく仕事に没頭していく。

『沖縄県史9　沖縄戦記録1』に収められた記録は、北谷村、旧中城村（現北中城村）、旧宜野湾村、中城村、旧浦添村、西原村、旧首里市、旧真和志村、旧那覇市、南風原村、東風平村、具志頭村、旧高嶺村、旧喜屋武村、旧摩文仁村、旧真壁村と中部から南部におよびそのうち宮城は旧中城村、中城村、西原村、旧那覇市、南風原村、旧高嶺村、旧喜屋武村、旧摩文仁村、旧真壁村を担当するとともに、「解題」を書いていた。

宮城は、「解題」の「まえがき」で、「沖縄戦記録1」は、アメリカ軍の砲撃と、日本軍の迫害に堪えて生き残った人たちの語りを記録したものであること、その語りに、疑問がある場合には、何度も足を運んで、聞き直していったこと、そして「自分自身の希望的な考え方、自分自身の思想傾向等によって、真相を微塵も歪曲してはいけない、ということ」を「基本的な姿勢」にしたと述べ、次の「採録とその時点の問題」では、戦争から二十数年たち、採録は不可能ではないかという疑問も聞かれるが、問題があるとすれば、再現にあたっての表現にあるといい、その問題に関して、宮城は作家らしくミッチエルの『風と共に去りぬ』やトルストイの『戦争と平和』を例にあげ、「正しく再現できる」ようになるには、ある程度の時間の経過が必要だと反証する。そしてそれは、体験談を語ってくれた人びとの多くが「今だからお話することができます」といった言葉に端的に現れているといい、歳月の経過が採録を不可能にしているというのは、正しくないとした。

次の「第三十二軍の実態」では、沖縄守備軍が「単なる形式的存在」であったということを第三十二軍の中心的存在であった第六十二師団を例にして述べ、「第三十二軍への疑問」では、沖縄戦の戦闘経過を追いながら、「戦記」に見られる美辞麗句の実態を剔るとともに、「沖縄県民の犠牲に、全く無関心の態度というより、一人残らず死んでも尺寸の土地を守るという第三十二軍幹部の考え、人間性の喪失はどう考えても理解できない」とした。

宮城の第三十二軍に対する厳しい目は、米軍に対しても向けられている。「米軍の一般沖縄県民への戦犯行為」では、米軍が行った住民の大量殺戮、「強制的移動」、「奴隷化」を取りあげ、それらはすべて戦争犯罪条項の「人道に対する罪」に値するものだとして糾弾する。

宮城が、沖縄戦を見ていくのに、バランスを欠くことがないように心掛けているのは、第三十二軍だけでなく米軍についても取りあげているところからわかるが、日本兵についてもアメリカ兵についてもそれぞれ「二通り」あったことを、書き添えているところによく現れていよう。

宮城は「第三十二軍」「米軍」と扱ってきたあと「個々の問題について」として、戦争記録を読む読者のために説明が必要だと思われる語句をとりあげ、解説している。取りあげられている用語は「おかしい」「壕」「ギーザバンタ」「喜屋武岬」「戦争の悲惨を思い出すのを拒否することについて」「死んでいる母親と生きている乳児」「母子つれの避難」「戦争映画」「異状心理状態」「琉球松の喪失」「一家全滅」「身体障害者」「未亡人」「文化財」「社会悪の増長」「北部への強制的移動とそれによる沖縄県民の苦難」「水」といったものであるが、これらの用語が、沖縄戦を特徴づけていると、宮城は、考えていたのである。

宮城は、用語解説で「解説」を終わりにしてなかった。宮城には「体験記録」に関して、もっと考えて見たいことが残っていたのである。その一つが「沖縄戦の原因」についてであり、あとの一つが「戦争を絶滅させるには」ということについてであった。宮城は、前者では遠山茂樹、今井清一、藤原彰『昭和史』他幾つかの昭和史関係図書を下敷きにし、軍国化していく日本の歴史をたどり、沖縄の戦争が、「旧天皇制特権階級栄華組織の野望の結果であった」ことを再確認するとともに、「大きな犠牲を黙って見殺しにしながら、ほんの一ことも沖縄民衆へのことばがない」と指摘する。後者では、湯川秀樹他著『平和時代を創造するために』にとりあげられた「決議や宣言、道理、平和維持の方法等、それよりほかに取る道」はないはずだとし、戦争を体験した人びとが、心の底から願っているのが他ならぬ平和共存であるということを、彼等の言葉をかりて強調していた。そして宮城は「むすび」に、六月二十三日を慰霊の日としていることへの疑問、女子学徒たちの戦死を「動物的忠誠心」の現れだと評した評論家への異議申し立て、戦争によって身体の自由を失った人びとや孤児の問題は、日本政府の責任だとして、「援護の手を即刻さしだすべき」だと訴え、最後に、「沖縄戦記録1」が、多くの人びとの協力なくしてはできなかったことを言い添え、感謝の言葉を記して閉じていた。

宮城は、「沖縄戦記録1」が刊行された一九七一年六月には、『世界』六月号に「戦争体験を記録する」を発表していた。それは、「沖縄戦記録1」の「解題」を要約したものであるが、「解題」では触れられてないことで、「沖縄戦記録1」の刊行と関わって大切な言葉が付け加えられていた。

宮城は、そこで「沖縄戦記録1」は、やがて完成するが、「沖縄県民の戦争体験記について、ある程度満足のいくものを作ろうということになれば、本編の六倍くらいの規模を要しはしないかと思う」といい、続けて「しかしわれわれは、道だけは開いた、いつか時期が来れば、さらに多くの新事実が記録され、後世に残すこともできるであろう」と書いていた。宮城は、「沖縄戦記録1」を編んでいくなかで、実に多くの話を落としていかざるをえなかったのであろう。それを悔いる気持ちとともに、そこにはまた「道だけは開いた」という、自負が見られた。

宮城らによって始まった「戦争記録」の編纂は、県からやがて市町村へ、さらには字・集落単位にまでおよび、さらには、沖縄県人の海外の移民地における戦争体験談の収集へと、大きく広がっていくことになる。

「沖縄戦記録1」が、いかに先駆的な意義のある大きな仕事であったかは、それ以後の戦争体験記録の輩出が証明していた。宮城の仕事は、確かに戦争体験を記録する道を開いたものであったが、宮城にとってそれは、本来の仕事、小説を書くという仕事を、閉ざしてしまった仕事でもあった。

一九六三年から、宮城は「沖縄県史編纂審議委員」として、そして一九六七年からは「沖縄戦記録1」の体験談の聞き取りおよび編集の仕事に全力を投入したことで、小説を書く余裕などなかったのである。

六七年、体験談の聞き取りを始めた年、宮城は『新沖縄文学』に「大東島昔物語」を発表しているが、それも、以前書きあげてあった旧稿に「昔」を加えて発表したものであったし、またその付記に「これを前編として、大東島今物語りも書いてみたい」としているが、恐らく、それも書き上げられることはなかったであろう。少なくとも、七一年までの宮城は、創作など、考え及ばなかったはずである。すべての時間を「戦争記録編」の仕事につぎ込んでいたし、「解題」を書くだけでも、多くの時間を要したに違いないからである。

七一年「沖縄戦記録1」を発刊したあと、宮城は、時に、新聞に随想を発表しているが、小説を発表した形跡はない。

一九七九年一月発行『新沖縄文学』第四〇号に宮城は「沖縄戦―生き延びた人間として」を発表している。それは「沖縄戦記録」の「解題」や『世界』に発表した「戦争体験を記録する」と同内容になるものであるが、宮城はそこに「わたくしは、その県史発刊後、今日に至っても、ずっと戦争と沖縄戦とのことに心を向けて、自分のやっていることも、読む本も、すべて、沖縄戦、戦争、平和に結びつくことのみに月日を過ごしている。公に形になった仕事はないが、自分なりに、怠惰は恥じていながら、心だけは、それに向けている」と述べていた。

宮城が「沖縄戦記録1」刊行後も、沖縄戦について考え続けていたことがわかる記述である。そしてそれはやはり同号に掲載された証言の「書き手」として「富者も同じ」「喜屋武岬に追われて」を掲載しているところに現れているが、そのような状態で、創作に心を向けるのは困難であったにちがいない。宮城は、作家として「解題」で触れていた『風と共に去りぬ』や『戦争と平和』のような作品を構想していたと考えられないこともないが、戦争体験談に圧倒されて、それを、記録するのに手一杯だったというのが実情に近いだろう。

宮城は、何故それほどに沖縄戦にこだわったのか。それは「解題」からわかるように、沖縄戦の実情や、座談会出席者が口々に語った「戦争だけはまたと有らしてはいけない」という思いを後世に引き継いでいく必要があると痛感させられたことによっていよう。しかし、それだけだったのだろうか。

宮城は、真珠湾爆撃前に出版した『ホノルル』を真珠湾後改訂増補して『ハワイ』と改題し出版していた。また、そう多くないとはいえ、戦争作品を発表していた。宮城は、そのことを、忘れてなかったはずである。忘れてなかっただけでなく、戦争に旗を振った作品を書いたという悔いがあって、沖縄戦を伝えるための仕事にのめり込んでいったといえないこともない。

第三部　補遺編

「海洋文学」の提唱

宮城は、改造社を止めた時期について、「昭和四年」と書いたり、「昭和六年ごろ」と話したりしていて、正確には分からない。退社年をはじめ、その後の宮城の正確な足跡は不明の点が多いが、分かっていることについてだけでも触れておきたい。

宮城は、「文学と私　連載16回」に、「約十年、『改造』の編集部員として勤め、生活には何の不自由もない恵まれた境遇であったが、そのまいつまでも雑誌記者を勤めていては、素志の文学者希望を果たすことはできないという兼ねがねの気持ちが、堰止められないように燃え盛り、とうとう退社を申し出た。社長は、わたくしを見すかしているらしく、『退社すると生活に困るぞ』と引き止めた。しかしわたしは堅く決心していたので、三回ばかり繰り返して辞意を申し出て、それでは、『困った時は来て手伝い給え』ということで、退社した。案の定、わたくしは半年ばかりぐずぐずしているうちに、生活苦に陥入りはじめた」と書いていたが、そこには、退社したのが何年だったかについての記述は見られない。宮城は、同様の文を「連載13」でも書いていたが、その時も、年月の記載はない。それは、たぶん「連載6」で「わたくしが改造社を退めたのは昭和四年の初夏と記憶する」と書いていたことで、繰り返すまでもないと思っていたのだろう。

宮城が改造社をやめたのは「昭和四年の初夏」というのは、そう正しい記憶ではないようにも思える。というのは、宮城は「連載9」で「昭和四年の五、六月であった。わたくしは、改造社を退いて専ら志す道へ突進するつもりであったが、一つには時勢が、政府による緊縮財政のせいもあって、生活苦に追いつめられた。そうしてわたくしは、関西にいられる谷崎先生へ大阪朝日に入社の運動をして頂くことを頼んだ」と書いていたからである。「昭和四年の初夏」退社し、生活苦に追われ「昭和四年の五、六月」谷崎に、就職の依頼をしたというのは、理にあわない。

宮城の依頼に、谷崎は大阪朝日への入社は難しいので、他の新聞社でもよくはないのかと、答えたというが、たぶん、それもうまくいかなかったのではないか。谷崎への依頼が不調に終わったあと、ハワイのドクター又吉などの援助を受けながら、執筆活動を続け、里見弴の推薦で、雑誌や新聞に作品を発表し、新進作家として、ようやく念願の文壇に一歩を印すことになる。しかし、新人作家の原稿収入だけでは、生活を維持することはできるはずもなかった。宮城は、谷崎をはじめ、知人を通して、就職先を探し回り、幾つかの職場につとめたのではないかと思うが、今のところはっきりわかっているのは、二つしかない。

一つは、「連載2」に見られるもので、宮城はそこで「わたくしは、日本が太平洋戦争へ突入途上にあった頃、新しく発刊されたある綜合雑誌に満二年勤めた。それは、印刷用紙がだんだんなくなって、雑誌が薄くなり、流行作家、文壇の大家の作品さえ掲載不能という時勢で、紙も統制割当となって、わたくしのような駆け出しのものには、書く舞台がなくなっていたし、その編集主催者、事実上の経営兼編集者X氏がやはり改造の編集同僚だったが、わたくしと古木鉄太郎に自分の始める綜合雑誌を協力してくれ」と呼びかけられて勤めた職場である。宮城は、新しく始める雑誌社に協力を求められて「満二年勤めた」というのが今わかっている職場の一つだが、「太平洋戦争へ突入途上にあった頃」というのは、正確には何年だったのだろうか。

宮城は、年月を記してないので推測するしかないが、一九四〇年から一九四一年にかけてのことであったのではないかと思われる。宮城が、二年で止めてしまったのは、経営兼編集者が「右翼ファッショ的低俗性格をだんだん強烈に発揮し出した」ことによるという。「連載2」には、その後、「改造社に二度の勤めへ行っていた」とあるが、それは、何年まで続いたのかわからない。

あと一つは、『戦争記録　1』の「解題」に見られるものだが、宮城はそこに「当時わたくしは日本証券取引所の嘱託という辞令を貰って、日本証券の編集部の雑誌部の一記者を勤めて、爆弾の降る中を、目黒から兜町の証券取引所に通っていた」と書いている。「当時」というのは、「三月十日の東京下町の大空襲」のあった頃を指していることからして、一九四五年であったことが分かるが、宮城は、四四年から四五年の大戦終了前まで、そこに通っていたのではなかろうか。

改造社退社後の宮城の足跡を再度纏めると、貧窮の中で創作活動、やがて新人作家として迎えられるも、間もなく戦時の出版規制等で、作品の発表場所が無くなり、就職を余儀なくされ、「新しく発刊されたある綜合雑誌」に勤めるが、雑誌の性格に嫌気をさし、二年で退職、そのあと改造社に再就職。再就職がいつまで続いたのかわからないが、そのあと「日本証券の編集部の雑誌部の一記者」となって敗戦を迎えたといったようになるであろう。

宮城は、一九三四年「故郷は地球」を発表後、一九三八年の「応急ならず」まで、数多くの小説作品を発表し、その後三九年から四一年にかけて随想類を発表しているが、四二年以後は随想類の発表も殆ど見えなくなる。

そのことについて、宮城は、「連載13」で、「戦争は、ダービーのスタートラインに立っていると常に思っていたわたくしたち新人群を抹殺した。雑誌が消え、新聞も紙面が戦争ばかりになって、出版も紙が無いのだから駄目、新聞雑誌、出版以外に道がない文学者は、書いても発表することはできなかった」と回想しているように、四二年以降、作品の発表がほとんど無くなるのは、「戦争」が大きく影響していたといって間違いないだろう。

「戦争」は、よく知られている通り、作家をはじめ多くの文筆に携わっている人びとに、翼賛的な文章を書かすことになる。その時期「書いても発表することはできなかった」ことで、戦争を賛美し、謳歌するような文章を発表しないですんだのもいるだろうが、宮城は、必ずしもそうではなかった。

宮城は、一九三六年七月に刊行した『ホノルル』を、『ハワイ』に改題、増補改訂し、一九四二年四月再刊していた。そのさい、「後記」を書き足しているが、宮城はそこで、アメリカは、正義をふりまわし、我が国を圧迫、国民は切歯扼腕し、政府の対応を歯がゆく思っていたが、真珠湾攻撃を聞いて「法悦歓喜、驚嘆感激、遂に茫然たる無我境に陥つた」といい、「今や御稜威を戴く皇軍は、攻めて陥さぬところはなく、大東亜の敵性悉く殲滅して、戦勝を祝ふ時となつた。それにつけても感激を新にするのは、アメリカの攻撃態勢を一挙に止めて、大東亜の皇軍作戦を思ふまゝに遂行させたハワイ爆撃の偉勲である。地球創世以来、曽つて類ひのない特別攻撃隊と航空部隊の鬼神も哭く壮絶な奮戦、私は真珠湾の全貌を瞼に浮べて想ふのである。あゝ、九柱の軍人、還らぬ二十九の荒鷲、端座瞑目して護国の神の冥福を祈りながらも、怨みは深き真珠湾、涙満身に溢れて堪へ忍ばれぬものがある。護国の神様！　永へに安かれ！」と、歌い上げていた。

「後記」は、「昭和十七年四月八日　真珠湾特別攻撃隊合同海軍葬の日」と付記されていてそれの書かれた日がわかるが、日中戦争勃発後の一九三八年一一月二日、宮城は『国民新聞』に「時相風景（一）」を発表していた。宮城はそこで、靖国神社秋季例祭の翌日、日比谷公園で、軍馬祭があったとして、その式の様子を記したあと「自分は、思つた。今度の事変に於ける馬の重要性、即ち、騎兵斥候馬の負力と跋渉力、砲、輜重の輓馬、糧秣、弾薬、機銃、歩兵砲、山砲などの負荷運搬、泥濘、沼沢、峻険を走つて斃れて止まぬ働きに較べ、この軍馬祭は淋し過ぎるものだと。主催も国に依つて行はれ、もつと、賑やかに、吾々が馬を理解するいろいろの方法があつていゝと思つた」と書いていた。

宮城は、日中戦争勃発後から、すでにそのような文章を書き、そして真珠湾に就いては「後記」

のような文章を書いていたことからすると、四二年以後、書く場を与えられていたら、さらに多くの戦意高揚を歌った文章を書いたのではないかと思われる。宮城が、馬を悼む文や死者を悼む文で止まっていたのは、まだ、日本が戦勝に酔っていた時期であったといえないこともないからである。

宮城は、一九三八年から四二年にかけて、「夏日南を憶ふ一〜三」（『都新聞』昭和一三年七月一七日〜一九日）、「暴風の後一〜三」（『国民新聞』昭和一三年九月一四日〜一六日）、「海を愛する」（『海運』一九八号、昭和一三年一一月）、「時相風景一〜三」（『国民新聞』昭和一三年一二月二日〜四年）、「時代の陰影一〜三」（『国民新聞』昭和十四年四月十九日〜二一日）、「ハワイの海」（『海運』昭和一五年三月）、「わが海心」（『海運』昭和一五年七月）、「近事三題一〜三」（『国民新聞』昭和一五年八月二〇日〜二三日）、「拂印哀史—附インド支那」（『満州経済』昭和一五年一一月）、「南島巡航記を読む」（『海運』昭和一六年五月）、「人口問題の焦点」（『都新聞』昭和一六年一〇月八日）、「ブラジルからの手紙」（『満州経済』昭和一六年一一月）、「ハワイの全貌」（『満州経済』（昭和一七年二月）、その他本編では触れなかった小説、随想類も発表していた。それらの作品にも、「拂印哀史—附インド支那」のように「私達は東亜民族のために、インド支那、蘭印に於ける外来の主権を抹殺して、東亜民族自身の栄光を希む政治を指導誘導せねばならない」といった植民地主義的な文章があり、時代を鮮明に刻印しているが、一九三八年には、大切な提案をした「随想」もあった。「海を愛する——船、海、島、港の憧れ――」がそうである。

宮城はそこで、七月に『都新聞』に発表した「夏日南を憶ふ」の結びの部分「故郷を離れた遊子は、夜のホノルルの背後のパシフイック・ハイツやポンチ・ボールに登つて、天上の星を仰ぐと共に、地上の星を眺め、懐ひを遙かの日本へ送る。南の国は空と海、星と懐ひの故郷である。自分は疾うに海洋文学を志し、やつと身辺小説を切り上げて、それに着手してゐる」といった箇所を再録したあとで、「私は故郷が黒潮の激しく流れる西南の海中故、あの、われは海の子の小学校の読本の詩そのまゝに成人したので、作家を志すにも海の文学を以つて自分の持ち物にしようと思つてゐる」といい、これまで発表してきた「ハワイのアヘン密輸入者、シンガポールの日本人漁夫、シャムの近況」といったものは、「私の目指す海洋文学への発足である」と書いていた。

「海を愛する」は、これまで書いてきたハワイについてまとめたものである。宮城はその結びで「今や大和民族は世界を被うて、ブラジルは同胞在住の首位二十万を算し、ハワイ十五万、合衆国十八万と云ひ、メキシコ、ペルー、アルゼンチン、キャナダ等優に一県の人口を越えるであらうし、我が民族のいやが応でも棲息し、生活を建てねばならぬ、表南洋、そして我が国と最も密接な中支、北支の新政権へも、凡ては海である。これを継ぐ船こそは、我が民族の祖先の住家であり、そして島に渡り住んだ祖先の伝統である。私が海洋文学を提唱するのも、これに発するのである。海！　これこそ発展する大和民族の住家と云わねばならない」と書いていた。

そこにも時代は鮮明に刻印されていて、それを指摘するのはやさしいが、注目したいのは、宮城が「海の文学」を「自分の持ち物」にしたいと述べていたことである。

「海洋文学」の提唱は、勿論宮城に始まるわけではない。一九四二年一一月に刊行された柳田泉の『海洋文学と南進思想』によると、一九〇〇年、幸田露伴が「海と日本の文学」で、「如何に日本では海の文学が少いかといふ事を感じて海の文学をもつと盛んにしなければいかぬ」といったことを論じているというし、一九〇三年には高橋鉄太郎が『海洋審美論』「第七」の「海洋文学を振作す可し」で「日本に於いては海洋文学を大いに盛んにしなければならぬ」と説き、第八の「英国と海洋文学」では「英国に於ける海洋文学が如何に盛んであるかといふことを、例を挙げて盛んに説明してゐる」という。

柳田泉は、日本の「海洋文学」が、政治小説という形であらわれたこと、そしてそれらは南進思想と結びついて書かれていたことを指摘していた。宮城の「海洋文学」の提唱も、「南進思想」と強く結びついていたといっていいだろうが、宮城が考えていた「海洋文学」は、むしろ「移民小説」と呼びかえてもいいようなものであった。

宮城が「自分は疾うに海洋文学を志し、やつと身辺小説を切り上げて、それに着手してゐる」というのは、「樫の芽生え」系列の作品から「三等渡布記」系列の作品を書くようになったことをさしていたと思えるからである。

宮城は、自ら提唱し、そして着手した「海洋文学」である「移民小説」への思いを、戦後になっても手放さなかったのではないか。それは「故郷は地球」に登場する重要人物二人が、結婚して南米へ移住していくのにも現れていようし、何よりも宮城の創作の最後の作品となった「大東島昔物語」が、それをよく現していたはずである。

宮城が一九三八年に提唱した「海洋文学」は、戦時の思想を色濃く反映したものであった。そして書いたものと言えば「移民小説」と言うに相応しいものであった。そのことを見据えた上で、宮城が提唱した「海洋文学」の新たな可能性を探る試みが為されていいだろう。

沖縄文学に新しい波を起こすことが、沖縄の文学の礎を築いてきた宮城への最大の贈り物になるだろうからである。

主要参考資料一覧

第一部　戦前編

1、熱血訓導

「ハレーすい星と宇宙」『琉球新報』一九八六年三月一九日、「わが青春の伊是名尋常高等小学校」『伊是名小学校創立百年誌』一九八三年七月二五日、「国頭尋常小学校」『国頭辺土名小学校　80周年記念誌』一九六二年七月一日、「かごの鳥」『沖縄タイムス』一九六四年一月一五日、「比嘉春潮さんを語る」『沖縄タイムス』一九五九年六月二六日～七月二日、「比嘉春潮さんについて」『沖縄タイムス』一九七一年一二月一七日～一八日、「母校と私」「国頭校での二か年と二人の恩師」『創立百周年記念誌　国頭村立辺土名小学校』一九八三年三月二五日。

2、出郷

「文学と私　新連載―綜合雑誌『改造』―」『新沖縄文学7』一九六七年一一月一〇日、「琉球で知った折口信夫」『短歌研究』一九三五年一月、「恋の季節」『なはをんな一代記』沖縄タイムス社一九七七年九月。

3、改造社時代

①「新連載―綜合雑誌『改造』―」『新沖縄文学』前掲号、松原一枝「鹿児島から沖縄へ」『改造社と山本実彦』南方新社　二〇〇〇年四月一一日、水島治男「改造社入社」『改造社の時代　戦前篇』株式会社図書出版社　一九七七年八月一五日三版、比嘉春潮「年月とともに」『比嘉春潮全集　第四巻評伝・自伝篇』沖縄タイムス社　一九七一年一一月一日、「文学と私　連載2―「改造」の会の人々―」『新沖縄文学8』一九六八年二月一五日、「文学と私　連載3―関東大震災まで―」『新沖縄文学9』沖縄タイムス社　一九六八年五月三一日、「文学と私　連載5―大正末期・昭和初期の文壇（中）―」『新沖縄文学11』一九六八年一〇月二六日。②「文学と私　連載7―大正末期・昭和初期の文壇（4）―」『新沖縄文学13』一九六九年五月二五日、「文学と私　連載8―大正末期・昭和初期の文壇（5）―」『新沖縄文学14』一九六九年八月二五日、「文学と私　連載3―関東大震災まで―」前掲号、「文学と私　連載4―大正末期、昭和初期の文壇（上）―」『新沖縄文学10』一九六八年八月二〇日。③「文学と私　連載6―大正末期・昭和初期の文壇（下）―」『新沖縄文学12』一九六九年二月一〇日、「文学と私　連載4―大正末期、昭和初期の文壇（上）―」前掲号、「文学と私　連載8―大正末期・昭和初期の文壇（5）―」前掲号、「文学と私　大正末期・昭和初期の文壇（6）―」『新沖縄文学15』一九七〇年一月三一日。④「文学と私　連載10　大正末期―昭和初期の論壇」『新沖縄文学16』一九七〇年四月三〇日、比嘉春潮「年月とともに」前掲書、「文学と私　連載5―大正末期・昭和初

期の文壇（中）―」前掲号。⑤「文学と私　連載14」『新沖縄文学22号』一九七二年六月一五日、『里見弴全集　第四巻』改造社　一九三七年一二月一七日、「文学と私　連載15―ハワイの思い出―」『新沖縄文学23号』一九七二年一二月二〇日。⑥「文学と私　連載3―関東大震災まで―」前掲号。⑦「大震災記念号」『女性改造』一九二三年一〇月号、「年月とともに」前掲書、「文学と私　新連載―綜合雑誌「改造」―」前掲号、「文学と私　連載11―広津和郎さんを憶う―」『新沖縄文学17』一九七〇年八月二〇日、「文学と私　連載6―大正末期・昭和初期の文壇（下）」『新沖縄文学12』一九六九年二月一〇日。⑧山之口貘「僕の半生記」『山之口貘全集　第三巻随想』思潮社　一九七六年五月一日、金城朝永「琉球に取材した文学」『金城朝永全集（上巻）言語・文学篇』沖縄タイムス社　一九七四年一月二四日、「琉球で知った折口信夫」前掲書。

4、作家への道

①『ブリタニカ国際百科事典』小項目電子辞書版、「文学と私　連載6―大正末期・昭和初期の文壇（下）」前掲号。②菊池寛「前号の発売禁止に就いて」『文芸春秋』一九二九年一一月号、「第三章　創刊十周年に向かって」『文芸春秋七十周年史』文芸春秋社　一九九一年一二月五日、「文学と私　連載6―大正末期・昭和初期の文壇（下）」前掲号。③「文学と私　連載8―大正末期・昭和初期の文壇（下）」前掲号、菊池寛「前号の発売禁止に就いて」前掲書。④「文学と私　連載13―昭和初期の新人苦難時

代―」『新沖縄文学20号』一九七一年八月五日、山口芳光『母の昇天』詩の家出版部　一九二九年六月一五日、伊波南哲『南島の白百合』詩の家出版部　一九二七年一〇月一五日、『銅鑼の憂鬱』詩之家出版部　一九三〇年一〇月一〇日、「燃え立つ心」『地方行政』一九二五年五月号、「悲劇的の瞳」『地方』一九二六年一月号、「闘える沖縄人」『地方』一九二六年一〇月号、里見弴「宮城君のこと」『サンデー毎日』秋季特別号　一九三〇年九月一〇日。⑤矢沢永一「エロ・グロ・ナンセンス〝カフェ時代〟梅原北明など」『日本文学研究資料叢書　昭和の文学』有精堂　一九八一年九月一〇日。

5、「新人作家」への仲間入り

①「文学と私　連載18回」『新沖縄文学26』一九七四年一〇月一五日、里見弴「推薦の言葉　君の作に見る道徳的背骨」『東京日日新聞』一九三四年二月一一日。②「文学と私　連載18回」前掲号、平野謙「私小説の二律背反」『現代日本文学大系79　本多秋五　平野謙　荒正人　埴谷雄高　小田切秀雄集』筑摩書房　一九七二年六月二〇日。③比嘉春潮「年月とともに」前掲書、「文学と私　連載14」『新沖縄文学22号』一九七二年六月一五日、「文学と私　連載18回」前掲号。

6、作品集の刊行

①宮城聡著『創作ホノルル』東京図書株式会社版　一九三六年七月一日、新庄青涯「宮城聡氏著　創

作ホノルルを読む　又吉・菅村ドクトルが著者後援（本社コナ支局にて）」発表紙、発表年月日不明（宮城聡切り抜き）。④「非倫極道の不良団　白人夫人を輪姦？　暴力沙汰で婦人を誘拐　アラモアナの藪中で」『布哇報知』一九三一年九月一四日、歴史学研究会編「日米開戦」『太平洋戦争史　4太平洋戦争1　一九四〇〜一九四二』青木書店　一九七二年八月。

7、ハワイ関係著作

「ハワイの日本文学」『制作』一九三五年一二月号、「ハワイの短歌壇」『短歌研究』一九三六年一月号。

8、多産の時期

①上野英信『天皇陛下万歳　爆弾三勇士序説』洋泉社　二〇〇七年五月二二日、岡本恵徳「近代沖縄文学史論」『現代沖縄の文学と思想』沖縄タイムス社　一九八一年七月二〇日、「近代の沖縄における文学活動」『沖縄文学の地平』三一書房　一九八一年一〇月三一日、沖縄郷土文化研究会『琉球花街辻情話集　集大成版』一九七三年三月三〇日。

9、小説から随想へ

①喜舎場朝賢著『琉球見聞録』至言社　一九七七年一二月三〇日。②「校注　琉球戯曲集」『伊波普

獣全集第三巻』（真境名安興「組踊と能楽との考察」、末吉安恭「組踊小言」、東恩納寛惇「「道成寺」と「執心鐘入」」等）平凡社　一九七四年八月一〇日。③中山省三郎「沖縄詩鈔」『改造』一九四〇年七月号。

第二部　戦後編

1、『生活の誕生』出版

①湧上聾人編『沖縄救済論集』琉球史料復刻頒布会　一九六九年八月一日、金城功「第二章　移民の社会的背景」『沖縄県史　7移民　各論編6』沖縄県教育委員会　一九七四年三月三一日、②小泉信三『海軍主計小泉信吉』文芸春秋　一九六七年九月二〇日、平野謙『昭和文学史』筑摩書房　一九八五年五月三〇日第23刷。

2、戦後の出発

『琉球拳法唐手』武侠社　一九二二年一一月二五日（一九九四年一二月二〇日復刻　榕樹社）、『鍛膽護身唐手術』大倉広文堂　一九二五年三月一日（一九九六年一二月二五日　復刻　榕樹社）、『空手道教範』武侠社　一九三五年五月二五日（一九八五年五月二六日復刻　カヅサ）。

3、「東京の沖縄」連載

①国吉真永『沖縄・ヤマト人物往来録』同時代社　一九九四年五月二五日、山里勝己『琉大物語一九四七〜一九七二』琉球新報　二〇一〇年二月一八日、琉球新報編集局編『燃える青春群像―沖縄文教・外国語学校』琉球新報社　一九八八年一一月二八日、琉球政府文教局『自一九四九年至一九五五年　琉球史料　第三集教育編〈復刻〉』那覇出版社　一九八八年九月一日、島袋全幸述「第三章　琉球育英会の創設とその事業」阿波根朝松編『琉球育英史　琉球育英会創立五十周年記念』一九六五年六月三〇日、『育英会二十五年のあゆみ』財団法人沖縄育英会　一九七八年三月、『琉球育英会要覧』琉球育英会　一九五六年、『育英会報（第6号）』一九五八年一月二五日、南燈寮草創記編集委員会『南燈寮草創記』東銀座出版社　一九九五年九月一〇日、雨宮昭一『占領と改革　シリーズ日本近現代史⑦』岩波書店　二〇一〇年六月一五日第5刷、川本三郎編集『2　昭和生活文化年代記20年代』TOTO出版　一九九一年八月一〇日。②中野好夫　新崎盛暉著『沖縄戦後史』岩波書店一九七六年一〇月二〇日。

4、雑誌『おきなわ』への寄稿

『沖縄県の地名　日本歴史地名体系48』平凡社　二〇〇二年一二月一〇日、宮城悦次郎著『沖縄・戦後放送史』ひるぎ社　一九九四年一二月一五日、中野好夫　新崎盛暉『沖縄問題二十年』岩波書店一九七〇年七月三〇日第8刷、『定本　山之口貘詩集』原書房　一九七一年四月一五日。

5、「故郷は地球」の連載

①『激動の半世紀　沖縄タイムス社50年史』沖縄タイムス社　一九九八年一二月一五日。②『沖縄県史　資料篇14　琉球列島の軍政一九四五―一九五〇（和訳編）現代2』沖縄県教育委員会　二〇〇二年二月二六日、林博史『沖縄戦　強制された「集団自決」』吉川弘文館　二〇〇九年六月二〇日。③琉球政府文教局『琉球史料　第四集　社会編1（復刻版）』那覇出版社　一九八八年九月一日、那覇市歴史博物館『戦後をたどる』琉球新報社　二〇〇七年二月一一日、琉球新報社編『ことばに見る沖縄戦後史』ニライ社　一九九二年三月一日。

6、『新沖縄文学』への登場

①「文学と私　連載8」前掲号、北大東村史編集委員会『北大東村史』北大東役場　一九八六年六月一二日、南大東村史編集委員会『南大東村史（改訂）』南大東役場　一九九〇年一月二三日。④水島治男『改造社の時代　戦前編』図書出版社　一九七七年八月一五日三版。

7、沖縄県史の編纂事業

名嘉正八郎「追憶の苦しみ」『沖縄の証言（下）　庶民が語る戦争体験』（名嘉正八郎　谷川健一編）中央公論社　一九七一年九月二五日。

第三部　補遺編

「海洋文学」の提唱

宮城聡　金城芳子　司会名嘉正八郎「改造社のころ　思い出を語る　対談」『沖縄タイムス』一九八九年一月一五日。

あとがき

宮城聡は、出郷前の沖縄の情況について、「書店が沖縄全県に、ただ二軒しかなかった」こと、「中央の文化が距離という高い障壁に遮られて、文壇の事情も、文化社会の動きからも、盲にされているような哀しい沖縄であった」こと、そして「僻地中の僻地で、沖縄に取材した作品など、顧みられない、無視された地位にあった」ことなどをあげ、「文学をするにはどうしても東京へ出なければならないと、思っていた」と書いていた。

宮城が、「文学をする」ために、東京へ出て行ったのは伊是名、そして郷里辺土名の小学校で勤めた後のことになるが、早くから作家になることを夢み東京へ出たいと思いながら、訓導として数年過ごさざるを得なかったのは、師範学校を公費で出たものは、五年間、教職につかなければならないという規則があったことによるもので、宮城は、それを律儀に守り、その期間が明けるやいなや、飛び出していったのである。

上京した宮城は、改造社の編集記者となり、ハワイに遊んだ後、作家生活へ入り、里見弴の知遇を得て、彼の推薦で「新進作家」として登場する。そして、金城朝永が「琉球に取材した文学」で「中央文壇で活躍している沖縄人を代表する作家としては、まず宮城氏を挙げるべきである」

と指摘していたように、一九三四年から一九三九年まで数多くの作品を『三田文学』を中心に、『改造』等改造社の刊行していた諸雑誌に発表していく。しかし、戦争は、容赦なくすべてを飲み込んでしまう。

戦後、占領下にあった沖縄に居を移した宮城は、『新沖縄文学』の選者や『九州芸術祭文学賞』沖縄地区予選の選考委員としての仕事をこなしていくとともに、沖縄県史の審議委員として戦争体験談の聞き取りに参加、体験談の発刊にむけて、全精力を傾けていく。

宮城の創作の発表は、その頃から見られなくなっているが、時たま、地元の新聞に随想を寄稿している。その一つに、「安波ダムとハリアー基地」(一九八八年一月八日『琉球新報』)がある。その時宮城は、九三歳。宮城の執筆活動が、いかに息の長いものであったかがわかる。

宮城の作品について論じたのに岡本恵徳がいる。岡本は二度にわたって宮城の作品を取りあげているが、その一つが「沖縄の昭和期の文学の一側面―「生活の誕生」を中心に―」であり、あとの一つが「脱出と回帰―沖縄の昭和初期文学の一側面―」である。岡本の関心の一つは「差別や偏見を超える視点」にあったが、前者で『生活の誕生』に収録された「城南大学総長K先生への手紙」に触れて、「二度もハワイを訪れた著者が、ひそかにいだいていたアメリカに対する親近感と戦争中その気持ちを抑えざるをえなかったことによる憤懣をはきだしたもののようにみえるのだが、ただし、この件については、さらに検討を要する」といい、さらに「宮城聡の戦争中のアメリカ排撃と、戦後のアメリカ賛美とは、微妙に屈折しながら並立しているのであり、従って単純に整理するわけにはいかない。別に分析と検討が加えられなければならない所以である」と書いていた。

岡本の研究者としての誠実な態度がよく現れている箇所で、宮城の、アメリカに対する向き合い方は、まさに「検討を要する」ものであり、「単純に整理するわけにはいかない」ものがあった。

『ホノルル』からその増補改訂版である『ハワイ』への変化、そして戦後のアメリカへの向き合い方、そこには、時代がまざまざと映し出されていた。

時代に流されないでいることの難しさを思う。時代に翻弄された者が、どう生き直そうとしたか、それは決して他人ごとではない。宮城に眼を向けさせた、大きな動機でもある。

本書を書いていくための必要な資料を探していくなかで、実に多くの方々のご協力を頂いた。名前を記すことはしなかったが、感謝の念で一杯である。

二〇一四年新春

著者略歴
仲程　昌徳（なかほど・まさのり）

1943年8月　南洋テニアン島カロリナスに生まれる。
1967年3月　琉球大学文理学部国語国文学科卒業。
1974年3月　法政大学大学院人文科学研究科日本文学専攻修士課程修了。
1973年11月　琉球大学法文学部文学科助手として採用され、以後2009年3月、定年で退職するまで同大学で勤める。

主要著書

『山之口貘――詩とその軌跡』（1975年　法政大学出版局）、『沖縄の戦記』（1982年　朝日新聞社）、『沖縄近代詩史研究』（1986年　新泉社）、『沖縄文学論の方法――「ヤマト世」と「アメリカ世」のもとで』（1987年　新泉社）、『伊波月城――琉球の文芸復興を夢みた熱情家』（1988年　リブロポート）、『沖縄の文学――1927年～1945年』（1991年　沖縄タイムス社）、『新青年たちの文学』（1994年　ニライ社）、『アメリカのある風景――沖縄文学の一領域』（2008年　ニライ社）、『小説の中の沖縄――本土誌で描かれた「沖縄」をめぐる物語』（2009年　沖縄タイムス社）『沖縄文学の諸相　戦後文学・方言詩・戯曲・琉歌・短歌』（2010年　ボーダーインク）、『沖縄系ハワイ移民たちの表現』（2012年　ボーダーインク）、『「南洋紀行」の中の沖縄人たち』（2013年　ボーダーインク）等。

宮城 聡 ―『改造』記者から作家へ

2014年5月1日 初版第一刷発行

著 者 仲程 昌徳

発行者 宮城 正勝

発行所 ボーダーインク
〒902-0076 沖縄県那覇市与儀226-3
電話 098(835)2777 fax 098(835)2840
http://www.borderink.com

印刷所 でいご印刷

ISBN978-4-89982-256-1